道《みち》行《ゆ》きや

新潮文庫 -70-2

令和四年十一月一日発行

著者 伊《い》藤《とう》比《ひ》呂《ろ》美《み》

発行者 佐藤隆信

発行所 株式会社 新潮社

郵便番号 一六二―八七一一
東京都新宿区矢来町七一
電話 編集部(〇三)三二六六―五四四〇
読者係(〇三)三二六六―五一一一
https://www.shinchosha.co.jp

価格はカバーに表示してあります。

乱丁・落丁本は、ご面倒ですが小社読者係宛ご送付ください。送料小社負担にてお取替えいたします。

印刷・錦明印刷株式会社　製本・錦明印刷株式会社

ISBN978-4-10-131222-4 C0193

この作品は令和二年四月新潮社より刊行された。

新 潮 文 庫

道 行 き や

伊藤比呂美著

新 潮 社 版

11683

道行きや　目次

うらしま 8
鰻と犬 18
耳の聞こえ 29
粗忽長屋 40
燕と猫 50
木下ヨージ園芸百科 60
荒野にモノレール 73
むねのたが 84
山のからだ 93
パピヨンと友 104
「ヨーコ・オノ！」 114

ひつじ・はるかな・かたち　124
草木は成る　137
かがやく　147
河原の九郎　159
くずのは　167
オオキンケイギクの問題　177
途中下車をしに　181
Via Dolorosa　195
ポロネーズ、もう大丈夫　205
四足の靴　215
犬の幸せ　228
解説　ブレイディみかこ

道行きや

うらしま

国を離れて二十数年、異国をさんざん流離して、わたしは国に帰ってきた。今はまったく浦島である。

その間も離れっぱなしではなかった。ひんぱんに行き帰りしていた。地下鉄に乗るような気軽さで国際線の飛行機に飛び乗り、十数時間、映画を見て、仕事して、本読んで、時間をつぶして、成田や羽田に着いた。それを二、三か月に一度くり返した。

ある時期はあっちに娘たちがいた。ある時期はこっちに老いた親がいた。ある時期はあっちに老いた夫がいた。ゴムひもに引っ張られるような思いで行き来した。

日本に帰るときには、自分の国だからすんなり入国できるが、カリフォルニアに帰るときには、入国管理で待たされたりいやな目にあわされたりした。それでも永住権があるからいつかは家に帰れると楽観していた。そして実際そうだった。行きも帰りも、気持ち的には「帰る」だった。

それがこの四月から早稲田大学で教えることになり、三月に、片道切符で、日本に帰ってきたのだった。早稲田は東京だが、わたしは熊本に住んで通う。そう決断した諸般の事情については、おいおい語っていくことにする。


二十数年前、わたしは、たけだけしい中年の女で、更年期もまだだった。それが今は六十数歳。もう経血なんぞひとったらしも出てこない。白髪は蓬々《ほうほう》として、皮膚は皺々《しわしわ》として、ちょっと無理をすると、膝《ひざ》にひびいて腰にくる。これもまた浦島の、玉手箱をあけたときの気分だった。

老婆《ろうば》の浦島は週のうち三日間は東京の早稲田にいる。その間は友達の家に居候《いそうろう》している。二十代の頃からの、気の置けない女友達なのだった。そして四日間は、熊本で、犬を連れて外を歩く。

あー、これは説明しておかねばならない。犬を連れて帰ってきた。

日本に帰るという話が持ちあがって娘たちに相談したら、犬を連れていってくれと言われた。

犬は二年ほど前に飼い始めた。犬の保護施設から、トラウマで凝り固まったような少年犬を引き取ってきて、手塩にかけて育てたら、穏やかでおとなしい犬に育ったのだが、どんなにおとなしくても、ジャーマン・シェパードだから、運動量が多く、取り扱いに体力と工夫が要る。姉も妹たちもみんな、いっぱいいっぱいの生活をしているから、大型犬の世話はできないと娘たちが口をそろえて言った。「おかあさんの犬でしょ」「おかあさんの犬なんだから」「おかあさんはすぐ人に頼る」と口々に。それでしかたがない、犬を連れてきた。

一昔前、犬は何週間も検疫《けんえき》で止められたそうだが、今は違う。日本の検疫所の言うとおりに、水も漏らさぬような準備をしておけば、人間と同じく入国できる。ただし、その準備は、七か月以上前から始めないといけないし、書類は大量に提出しなければいけないし、不備がひとつでもあると水の泡だ。しかし日本の検疫所は、万が一にも水が漏れることのないように、手取り足取り細かくやり方を指導してくれるので、あこの客扱いのマメさはやはり日本だ、わたしはそこから出てきたし、そこに帰るのだと、カリフォルニアにいた頃から、心身の引き締まる思いをしていたのだった。

今の生活は、カリフォルニアにいたときとあまり変わらない。明け方に散歩し、夕暮れに散歩する。散歩の間、犬がべたべたと寄り添ってくる。走ってきて股《また》の間にもぐりこむ。ほかの犬たちは誰もしない。この犬だけの愛情表現である。遅い朝にも行き、昼下がりにも行く。河原の土手にすわり、犬を抱いて、流れをみつめる。

家の前には広々とした河原がある。川の周囲が遊水地になって、植物が繁茂している。川は流れていってお城をめぐり、やがて海に流れ込む。犬は川にざぶざぶと入って、鯉《こい》や亀《かめ》や鴨《かも》や鷺《さぎ》を蹴《け》散《ち》らし、河原の繁《しげ》みに分け入って雉《きじ》を追う。

歩きまわるのはわたしたちだけじゃない。夜明け前の暗い時分にも人が歩いている。走っている人もいる。明るくなるにつれて人は増える。時間帯によっては、十メートルごとに人に行き会うほど過密になる。

歩いている人は挨拶《あいさつ》をする。そういうしきたりらしい。走っている人は挨拶しない。そういうしきたりらしい。走る人は、走るのに忙しくて余裕がない。誰とすれちがおうとも、挨拶せずに、ただ荒い息で走りすぎる。

挨拶するといっても「おはようございます」とはっきり口に出す人はいない。このあたりの小学生は臆面《おくめん》もなく言う。言い過ぎるくらい言い過ぎて、少々薄気味悪くなるのだが、早朝には小学生なんて歩いておらず、みんなおとなで、おとなになると、いろんな事情が出てきて性格もよじれてくるようで、なるべく言いたくないと思う人も出てくる。

挨拶するべきかせぬべきか、自分の言葉を気安く人に分け与えるのもどうかと真剣に思い悩む風情《ふぜい》で、それでも言わねばならぬという日本の、集団の、ムラ社会の圧力に負けた人は、すれ違いざま、口の中で「ざっ」と唱えて通りすぎる。顔の薄皮をぴっとひん剝《む》いたくらいの声の出し方であり、負けを認めざるを得ないというような挨拶なのである。

わたしもそれに倣《なら》って、「ざっ」「ざっ」と人に行き会うたびに唱える。郷に入れば郷に従えというのはこのことだ。「ざっ」なんていうレイジーな日本語を、自分が口に出すとは思わなかったが、案外かんたんに言えるようになるものだ。言いながら、わたしはおかしくてたまらなかった。

朝は「ざっ」だが、夕方は「わ」だ。頭をちょっと下げ、語尾をちょっと伸ばして「わー」と言う。わたしはこれもあっという間に慣れた。

カリフォルニアでは、人と挨拶しないかというと、そんなことはない。トレイルを歩いていて、向こうから人が来れば、「ハイ」と言い合うこともあれば、黙っていることもある。一言二言、いい犬だ（相手も犬連れ）とか、この先にコヨーテがいるとか言葉を交わせば、別れるときには、「よい日をおくってください」と言う。ときに「ざっ」「わ」みたいな短縮の工夫として「よいひとつを」と言う。

ひとつを、とはなんだ。

実際口に出して「ひとつを」と言いながら、なんどもそう考えた。しかし、いつもいっしょに歩いていた英語ネイティブの友人がそう言うから、まねしているうちに言い慣れた。そのとき、ハイとかひとつとか言うときにつきものなのが、視線を合わせることとにっこり微笑することである。そして、この熊本の河原の土手では、まさに、その二つが無い。存在しない。

目は合わさない。にっこりもしない。むしろ、目をそむけ、相手を見ないようにして「ざっ」「ざっ」と声だけを空中に放り投げていく。

東には、すぐそこに、近隣の人々に愛される立田山《たつだやま》があり、その向こうには、はるかに阿蘇《あそ》、宮崎の山々がある。その方角から朝日がのぼりかけるや、河原を歩く人が、たいてい土地の古老というような風情の人々だが、動きを止めて屹立《きつりつ》し、手を合わせてそれを拝む。

わたしはカリフォルニアで毎夕、日没を見にでかけた。死んだ夫が、当時はまだぴんぴんしていて、わたしをバカにしたようにからかった、「太陽崇拝に宗旨替えか」と。

わたしはその頃、仏教にハマっていたので、徹底した宗教嫌いで科学主義者の夫には、バカがさらにバカになったと思えたに違いない。

夫に何を言われても、わたしは、沈む日を、来る日も来る日もみつめずにはいられなかったが、手を合わせて拝むことは一度もしたことがない。河原で動きをはたと止めて屹立する古老たちは誰もが、おのずから手を合わせ、瞑目《めいもく》して、頭を下げる。そのしぐさには、なんのためらいも衒《てら》いもない。子どもの頃から、日の出を見ればくり返してきたしぐさだった。その万物生命教。

これは昔、山折哲雄《やまおりてつお》さんに、ふと「アニミズムが」と言ったところ、「ぼくはアニミズムという言葉はきらいだから、万物生命教と呼ぼう」と提案された。それ以来わたしはその言葉を使っている。万物生命教がかれらの骨の髄まで沁《し》みわたっているのだった。

しかしここに、日の出をおがむ人々より、もっとすごいことがある。男が、河原の上で、立ち小便をするのである。

思い起こせば、子どもの頃はよく男が立ち小便していたが、ここ数十年、そういう後ろ姿を見ていない。ここ数十年、わたしがカリフォルニアに住んでいたからかもしれない。はじめは仰天したが、小便男を二人か三人見ただけで、もう慣れた。かれらはペニスをこっちに向けて来るわけではなし、出しながらもうまく隠して放尿している。わたしは見て見ぬふりをして通りすぎる。かれらにとって外を歩いている人々は他人だ。他人だから、そこにいるように見えるが、実はいない。いないから、見られても気にしない。知らない人にはそのように距離をつくる、それがわれわれの文化なんだろう。

ある日、写真を撮っていたら、「何か撮るようなものがありますか」と声をかけられた。ふり返ると、古老のひとりが立っていた。微妙な距離感のある「ですます」の口調がぞくぞくするほど感じよかった。

蓬《よもぎ》の葉がとてもきれいで、とわたしは口ごもりながら言った。こういうときにかぎってなめらかな日本語が出てこないのだった。

また別のとき、別の古老が繁みに入り込んで身動きが取れなくなっていた。どうしました、と声をかけると、手に持ったビニール袋を掲げて見せてくれた。ぎっしり木苺《きいちご》が入っていた。よく見ると、古老が入りこんでいたのは木苺の繁みであり、花ざかりのときに、わたしは、いずれここで木苺が食べられると考えていたのに、不覚にもすっかり忘れていたのだった。

川べりの桑の木にも実がいっぱい生《な》ってますね、とわたしは言った。今回はわたしから話しかけたので、わたしは余裕をもってしゃべることができた。すると古老は、悲しそうに答えたのだった。

「川べりの桑の木は切られたんじゃなかったかな」

向こう側の木は切られたけど、こっち側の木は切られてませんよ、うちの庭の桑の木はあと少しで熟して食べられますから、お取りください、園芸品種だから川べりの桑の実より大きくて甘いですよ、すぐそこの庭と言うと、古老は少しためらい、新手のナンパかと考えたのかもしれないが、それから素直な表情で、まっすぐわたしを見上げ（わたしは土手の上、彼は少し下がった藪《やぶ》の中だった）、にっこりとして「それじゃおまねきにあずかろうかな」と言った。

「おまねきにあずかろうかな」ということばが忘れられない。

浦島な老婆が土地の古老をナンパしたように聞こえるが、そうではない。わたしは、古老の発した日本語の雅《みやび》さに心うたれて動けなくなったのだった。

三十年前なら、いっぱつでハートをわしづかみにされてしまっただろうが、残念ながら、こっちもうあの頃とは違うので、そういうわけにはいかなかった。

古老は、七十代半ばに見えた。別の古老が、やはり七十代半ばだったときのことをわたしはよく覚えている。ここに帰ってくる前のことだった。わたしはその古老と肉体関係を持っていたから、そのさなかはめくるめく思いをしていたなんていうことも覚えている。それから古老がさらに老いていって、肉体関係を持てなくなって、わたしを責め、自分を責め、日々もんもんとしていた。それからさらに老いていって、死んでいった。

どう老いていって、どう死んでいったか、その瞬間瞬間、傍らで見ていたわたしは何を考えたか、そういうことも、やがて死んで、死骸《しがい》になった後の顔色や手の色の変化も、まだ鮮やかに覚えている。

鰻《うなぎ》と犬

熊本にも女友達がいる。わたしが熊本に帰るたびに連絡を取り合い、集まっておいしいものを食べながら、近況を報告し合ってきた。だれかの夫が死んだときも、だれかの夫が病んだときも、地震で熊本が揺れて、だれかの家が全壊したときも、集まっておいしいものを食べてきた。四十代から六十代まで年の幅がある女たちなのだった。

さて伊藤さんも帰ってきたことだし、少し遠出しておいしいものを食べようとだれかが言い出した。

犬がいるし、忙しいから遠出などしなくても、いつもの熊本市内のおいしいお店でいいじゃないかとわたしは言いかけたが、久留米《くるめ》のミシュラン一つ星の鰻屋の、蒲焼《かばや》きの細切りにわさびがまぶしてあって小口切りの一文字《ひともじ》と海苔《のり》を山盛りにかけた鰻《うな》わさ丼《どん》三千円というのを、もうすでに中の一人が食べてきたのであり、その話を聞くうちに、わたしの、そしてみんなの、好奇心がとまらなくなったのだった。それで、ある金曜日、働いているものは一日休みをとり、そのあたりの美術館にでも行って遊んで帰ろうということになり、わたしは犬がいて締切があるから、そういうわけにも行かず、自分の車で行って鰻屋で合流して、食べたら帰るということになった。

わたしは、日本の梅雨を、すっかり忘れていたのだった。その日は朝から雨だった。空はずいぶん暗かった。だから一時間くらい車の中で待たせておいてもいいだろうと思って、犬を連れて行った。犬はカリフォルニア暮らしで車には慣れている。後部座席には、カリフォルニアから持ってきた、他の犬たちのにおいのしみついた犬用カバーをかけてある。

ぶ厚い雨雲がよもや晴れるとは思わなかった。高速を走るうちに晴れ間が出てきて、久留米に着いたら、すっかり蒸し暑く、日差しも強くなっていて、犬を車内には置いておけなくなっていた。それで迷惑がる鰻屋に交渉して、日陰の裏口につながせてもらったが、今しも鰻わさ丼が運ばれてきたというときに「わんちゃんがあばれてます」と店主に呼ばれ、箸《はし》を放り出して行ってみると、配達の人が困った顔で裏口のところにいて、犬はおびえてうろうろし、そこらに積んであった空ケースや空箱をなぎ倒していたのだった。

気の弱い、こわがりやの犬だった。三歳のジャーマン・シェパードで、名前はホーボー。子犬のときに路上で保護され、というか捕獲され、保護施設に収容され、殺処分になるところをジャーマン・シェパード保護センターという組織に引き取られて、七か月くらいの少年犬のときに、わたしが譲り受けた。英語では、これもまた「養子縁組」と呼ぶ。

ホーボーは、おびえ切った犬だった。最初の頃は目も合わせなかった。さわられるのもいやがった。時間をかけて慣らし、歩き、一緒に寝起きし、おいしいものを食べ、安心していいということを教えた。今はすっかり穏やかな家庭犬になったのだが、すぐこわがるのは直らない。

ちょうど、晴れていた空が曇ってきたところだった。鰻丼一杯かき込む間と思って、わたしは犬を車に入れ、窓を四つとも大きく開けた。ひどく蒸し暑かった。

鰻丼を食べ終わり、友人の小川さんと森さんが、犬を見てくると言って出ていった。小川さんは犬好きだが自分で飼っておらず、森さんは犬を飼っている犬好きだった。そして野中さんはトイレに行った。林さんとわたしはしゃべりつづけていた。

そしたら小川さんと森さんが血相を変えて戻って来て、犬がいないと言った。わたしもあわてて立ち上がり、車のところに行ってみた。するとほんとに犬がいないのだった。

運転席の窓は全開になっていた。いくらなんでも大きく開けすぎていた。これでは、犬どころか人だって出入り自由だ。窓を開けるスイッチを押し、大きめに開けて手を離したが、そこで鰻わさ丼が気にかかり、手を離した後も、まだ開きつづけていたことに気がつかなかったのだった。

わたしは走り出した。鰻屋のある道には、大きい道から左折してきた。その道には、さらに大きい道から右折してきた。その道には、高速から降りて右折してきた。

犬が、本能に突き動かされて熊本の家に帰るとしたら、どこを通るか。来た道といったら高速で、高速道を逆走したら、車でもとんでもないことになる。とんでもないことになった映像を見たことがある。犬ならば、ひとたまりもない。でもまだ熊本に来て二か月ほどで、犬の本能に熊本の家がインプットされているかどうかもわからない。ほんとうの本能につき動かされたとしたら、阿蘇を越え、臼杵《うすき》に行き、海を渡り、徳島かどこかでまた渡り、銚子《ちょうし》の犬吠埼《いぬぼうさき》かどこかから太平洋に飛び込んで、ばしゃばしゃと泳ぎ渡っていかねばならないことになる。

群れから離れて走っていっては帰ってくる、斥候《せっこう》みたいな犬だった。カリフォルニアのキャニヨンの乾いた繁みの中を、足元が見えてないようなつんのめり方で走っていって走って帰ってきた。帰ってくるたびに頭をわたしの股の間につっこんだ。それがこの犬の愛情表現だった。

チワワを抱いた同世代の女が通りかかって不審そうにじろじろと見た。他の犬の危機を感じ取って不安に駆られているというような声で、犬はしきりに鳴いていた。

「犬を見ませんでしたか」と小川さんが彼女に話しかけたのを放って、わたしは大きな道に出た。大きな道に出て、まず犬の死骸がないかを見た。しかし死骸は見えない。はるか遠くの方まで道路に横たわるものは何もない。

歩道で工事する人がいたから、犬を見ませんでしたかと訊《き》くと、「ああ」と即答し、「シェパードでしょ」と訊き返し、「そこの通りに入っていきましたよ」と指さした。そこはまさに鰻屋のある通り。

すわ車へ帰ったかと、わたしは走ってその通りに戻ったが、犬はいない。名前を呼び立てながら走っていくと、向こうから若い男が歩いてきたので、「犬を見ませんでしたか」と訊くと、「ああ」と即答し、「あっちに行きましたよ」と指さした。それは大きな道からは遠ざかる方角だった。

名前を呼び立てながらそっちへ走っていくと、携帯が鳴り、表示を見ると小川さんで、出ると、「伊藤さん」と小川さんがあえぎ、「歩道橋。鰻屋さんの近くの。大きい道路の」と言った。

みつかったかと走っていくと、向こうから森さんが走ってきた。二人で走って道路に出た。そこに歩道橋はあったが、犬はいない。犬の死骸も見えない。コンビニの前に店員が二人タバコを吸っていたから、犬を見ませんでしたかと訊くと、「ああ」と即答し、「そっちに行った」「道路を走っていたからあぶなかった」と口々に言った。

それは鰻屋から離れて行く方向で、そっちへ行けば、いずれ高速の入り口に至るのだった。高速の上でずたずたに死んでいる犬と、やせて汚れて熊本の家にたどりついた犬を想像しながら、さらに走っていくと、向こうで野中さんが手を振っていて「こっちこっち」と指さした。

犬の名前を呼び立てながら走っていくと、右の路地から林さんが走り出てきて、「あっちの方にいたらしい」と言った。

「いた」

森さんが叫んだ。そっちを見ると、そこに犬がいた。

「ホーボー」

森さんが犬の名前を呼んだ。犬を飼っている人はさすがに犬扱いがうまい。犬は森さんを見た。森さんはさらに叫んだ。

「ストップ」

車が来ていた。犬は止まり、車も止まった。

わたしが犬の名を呼ぶと、犬はわたしを見て、全身がまるで宙に浮いたようになり、森さんがさらに車を止める前で、道を横切り、ひたすらわたしの股の間にもぐり込んできた。

「見てるだけで泣けてきた」

チワワを抱いた女が目元を拭《ふ》いて言った。小川さんとはすっかり親しくなって、気安そうにしゃべっていた。

「みつけたけど、この子がいるから捕まえに行けなくて、あたしが行ったら、今度はこの子が迷子になるから」

「伊藤さん、伊藤さん」と小川さんがわたしに紹介した。

「こちら橋本さん。そしてこの子はミルクちゃん」

わたしが犬をリードにつないで鰻屋に戻っていくと、橋本さんと話していた小川さんが追いついてきて、「だれかが警察に届けたようだから、警察に電話しといたほうがいい」と言った。「110番でいいんじゃないの」ということになって電話をすると、つながったとたんに出た男の声が「事故ですか、事件ですか」と訊いた。

「いえ、どっちでもなくて」と説明しかけたときに、「伊藤さん、伊藤さん」とみんなが騒ぎ出し、見ると向こうからパトカーが一台ゆるゆると徐行して、こっちに向かってきたのだった。そしてゆるりとわたしたちの前に停止した。

「もしもし、もしもし」と電話の向こうで男の声がせっぱつまっていた。

「おまわりさんが来たので、もう大丈夫です」と言うと、「ほんとにいいんですね、それじゃ切りますよ」と断って、警察の男は電話を切った。電話の応対に、よほど神経をすり減らしているようだった。

パトカーから降りてきたのは、薄青の夏用制服を着た若い警官二人で、驚くほど威圧感がなかった。そして二人とも、とてもやせていた。

アメリカの警察官は、みんなとは言わないが、たいてい肥満体なのだった。手足は細くて、おなかだけずしんと出ているような太り方の人もいた。女の警官も男の警官も、日本に来たら、まあ恰幅《かっぷく》のいい外人さんなどと言われそうな人ばかりなのだった。あれでは走れないから、何かあったときには、銃を出すしかないのかもしれないとよく考えたものだ。

威圧感のない、やせた日本の警官だったが、普通の日本人みたいに目を見ないように距離を取ってということはなく、こっちを見据えて静かな声で話しかけてきた。彼のうしろでひそひそとささやく声が聞こえた。身体《からだ》に取りつけた線で本部につながっているのだった。

「その犬ですね、何件か通報がありまして」と警官が言った。「つかまえたんですね」

「そうです」

みんなが一斉に答えた。

彼は「お名前、うかがってもいいですか」「何歳ですか」「ご住所は」と次々に質問し、熊本市云々《うんぬん》と答えると、彼は「熊本から」と驚き、みんながまた一斉に「鰻を食べに」と答え、「あー、あの店は有名ですもんね」と言いながら、彼は手元のメモ帳に情報を書き取っていったわけだが、そのときわたしは、次はＩＤだと恐れおののいていた。

わたしはこの日、免許証不携帯で、熊本から車を運転してきたのだった。大学の研究室に財布を忘れてきた。現金も運転免許証も各種カード類もぜんぶ入っていた。ＰＡＳＭＯ一枚、お尻《しり》のポケットに入っていたのだった。たまたま羽田空港で待ち合わせていた編集者の佐藤さんに三万円貸してもらい、それで次の出勤日まで生きつなぐつもりで、鰻のお代もそこから出したのだった。

さっき鰻を食べながらその話をして、「まただ、そういうことばっかり」とか

「事故は起こさないようにね」とかみんなに言われていたばっかりなのに、こうしておまわりを呼んじゃって、住所なんか訊かれて、次はＩＤ見せろと言われて「ありません」で万事休す。警官は、続いていきそうな会話を「もうこういうことのないようにですね」と途中で止めると、さっきから聞こえているひそひそ声に向かって一件を報告し始めた。報告の中に「六十二歳の女性」「犬の徘徊《はいかい》」という言葉を聴き取った。

そういう顚末《てんまつ》だ。犬をなくしかけて財布を忘れた。でも、実はまだある。

メガネも、東京で居候している女友達の家に置き忘れてきた。

ここ二十数年、東京に行くとかならず彼女の家に泊まってきたのだが、今は早稲田があるから、週に三日は泊まる。リビングにあるソファがわたしの寝場所で、「客用ベッドつくるよ、ふとん敷くよ」と言うのを断って、昼間は猫たちが寝ているそこで眠る。

この間、その友達から借りたセーターをどこかで落としてきた。それから、彼女の家に置き忘れたのではない別のメガネを熊本に置き忘れ、東京で間に合わせの老眼鏡を買った。それから、ない、ないと言いながら靴下を探していたら、「これはいていきなよ」と彼女が靴下を一足くれた。ありがとと受け取って、こんどは鍵《かぎ》を探しているうちに、今もらったばかりの靴下をどこかに置き忘れた。そして鍵は、自分の鍵ではなく、彼女の家の鍵だったが、ついにみつからなかった。そして同時に、彼女の猫が、火曜日から、姿を見せなくなっている。

火曜日の夜、彼女の家に帰ると、「朝からいないんだよ」と彼女が言った。それで二人で、マンションの敷地内を呼び立てながら探してまわったが、どの暗闇《くらやみ》にも生物が潜んでいる気配がない。外にいないのなら、家の中で、押し入れの隅とかベッドの下とかで、死んでるんじゃないかと二人で考えた。前の猫はそうやって死んで、友達は死骸を見つけたのである。でもそれならば、こんなに探しているんだから見つかってもいいはずだ。あるいは家の中の人間の考えの及ばないような奥に入りこんでいて、数日したら、臭《にお》いがしてくるんじゃないか。

犬は見つかったが、猫の見つかる保証はない。そしてなんだか、その朝わたしが家を出たとき、するりと後ろからついて出たんじゃないかという考えが、そんなことは絶対ないのに、頭から離れないのだった。この年になって日本に戻ってきたが、その長い行き来の間に、あれもなくし、これも落とし、どこかになにかを置き忘れて、そういう業《ごう》みたいなものが、染《し》みついて離れないようにしか思えないのである。

耳の聞こえ

わたしは補聴器を買いに行った。

熊本の行きつけのメガネ屋の三階に補聴器コーナーがある。そしてそこにかかりつけの店員赤目さんがいる。

補聴器を買おうと思ったのは初めてではない。メガネを作りにいって、赤目さんに、そういえば聞こえも悪いんですよねと相談してパンフレットをもらったこともある（そしてその値段に仰天した）。三階につれていかれてテストしてもらったこともある。「だいぶ悪くなっていますから、作るなら早い方が」と赤目さんが言った。ああ、でも英語のせいかもしれません、にほんにいると、そこまでわからなくないんです、と赤目さんに答えた。それが数年前だ。

英語のせいだ。日本に帰れば日本語だ。それなら聞こえる、まだ大丈夫と思っていた。

聞こえがわるいなあと気づき始めたのは、まず車の中の会話だった。わたしが運転しているとき、後部座席の人の言ってるのがただの声で意味をなさなくなった。だから運転に専念した。自分が後部座席に座っているときは、身を乗り出して、運転者と会話した。

「お母さんは、ほんとに人とコミュニケーションを取りたいんだね」とそばにいた娘に言われたが、相手の言葉を理解しようという努力をして何がわるいと心外だった。

わたしには、人に向かえば、口を大きく開けて、はっきりしゃべる癖がついているのだった。

父の耳も、夫の耳も、遠かった。父は日本語しかしゃべらない老人で、夫は英語しかしゃべらない老人だった。二人が、同じことをわたしに言った。「後ろから話しかけるな、もぐもぐ話すな、口を大きく開けて一言一言はっきりしゃべれ」

ゴルゴ13じゃないんだからと反発したが、いつのまにか、英語でも日本語でも、人に向かうと、誰に対してでも、正面から、口を大きく開けて、はっきりしゃべる癖がついた。それで、いつもどこでも、「元気ですね」「エネルギッシュですね」と言われるのだった。「元気という病気なんですよ」と瀬戸内寂聴《じゃくちょう》先生の名言を使って返しているが、実はこれも心外だ。耳の遠い人たちのために、大声を出すのが癖になっただけなのだった。

それから、聞こえないのに気がついたのは、シンポジウムとかそういう席だ。マイクを通した他人《ひと》の発言が聞き取れなくなった。機械のせいと向きのせいと思っていたのだった。でもわたし以外の人たちは、問題なく、人の発言を理解しているようなのが不可解だった。

そもそも、英語を使って暮らしはじめてからこの方、わたしは人の話を完全に聞き取れたことがないのだった。

それで人の表情を読み、話の流れをなんとなく読んで、言いたいことだけを言ってきた。話しかけられたときには、てきとうに推測して答えてきた。シンポジウムや文学祭の公開の場でもそうだった。勇気があったというか、なんというか。とんちんかんなことを言うときもあったが、わたしのキャラでは問題にならなかった。親しい人には、何回も何回も、わかるまで聞き直した。でもそんなときでも、日本語でささやいてもらえば、的確に迅速に聞き取れた。

早稲田で教えはじめて、三か月が経《た》った。

四月の初めは土砂崩れにまきこまれたようだった。必死に生きた。

今まで二十数年間、わたしは、人里離れて、日本語も無いところに住んでいたのだった。それが今は、早朝から深夜まで、東京の街をわたり歩いて、人の波に乗る。制服姿の小さな子どもが朝の六時から地下鉄に乗っているし、おとなたちはにこりともしないで見えないルールをひたすら守る。そして早稲田で、教師として向かい合う学生たちの、想像を絶する多さと一人一人の面倒くささ。その面倒くささは、今まで出会ったことのないものだった。

三か月前の、初めての授業は小説の演習だった。

つまり小説を書かせるのだった。そんなもの、自分だって書けないし、小説家と名乗ったこともないんだがと思いつつ、教室に入ってみたら、学生たちが一斉に、わたしを見つめていたから、その瞬間、アガったのだった。黙っていることもできなくて、怖くて内心ぶるぶる震えながら、平然としたふりをして、こんにちはとか、きょうがはじめてでとかしゃべり始めたが、アガりすぎていて喉《のど》がつまるかと思った。朗読する前は、ある程度アガって、つまり興奮しておいたほうがよくできるんだが、興奮のチューニングを間違えると、喉がつまって声が出ない。あんな感じだった。ほんとうに怖かった。

授業の後、二人の男子学生が研究室をたずねてきた。

「ぼくら、もぐりなんです」と一人が言った。もぐりだけあって、二年や三年じゃなく、五年や六年の、留学や留年という経験をつんだ学生たちだった。クラスの他の若い子たちより自信ありげに見えたが、話してみるとそういうわけではなかった。小鳥を二羽、手の中に入れてそっと握ったときみたいだった。もちろんかれらは小鳥ではなく、人間の子どもで、子どもと呼ぶにはおとなびていて、若者と呼んだ方がよく、自信や自信のなさに振りまわされていた。かれらの来てくれたおかげで、わたしにも居場所ができた。最初の数週間、わたしはかれらに会うために大学に通っていたような気がする。

やがて一人が来なくなった。

彼はどうしたの？　と聞くと、「卒論で忙しいらしい」ともう一人が言った。「あいつとは最近ぜんぜん会わない、僕も来れなくなるかもしれませんよ」

卒論で？　と聞くと、「いや就活で」と言った。

彼もぱたりと来なくなった。入れ替わりのように他の子が来るようになった。「文学とジェンダー」の大教室の学生たちが話し足りずに研究室に来た。その頃、学内でもセクハラ事件が起こった。それで動揺した学生が何人も来た。かれらは人を傷つけまいと細心の注意を払いながら、でも抑えきれなくなって、不安について、怒りについて、失望について、将来について、ぶちまけていった。

詩の演習では、詩を毎週書かせる。わたしは人の詩なんか読まないで生きてきたのに、かれらが毎週書いて送ってくる詩は、読まないわけにはいかないのだった。

わたしは、家族を失って、ここにたどり着いたのだった。家族の世話をしていた。人とか犬とか植物とか。死んだり家を離れたりしていなくなった。自然の摂理だった。そしたら今、いきなりこんなに、家族みたいに、世話をしなくちゃならない人たちができて、失ったものが戻って来たような気さえする。哺乳類《ほにゅうるい》の母親として、子どもを育てるのは慣れていたが、何百もいる。これじゃ魚類の卵の数である、その何百の魚卵たちに対して、つい哺乳類みたいに、いちいち乳をやりたくなる。

学生たちは、いろんな顔をしている。どの顔も、子どもみたいなおとなで、おとなみたいな子どもで、目の前でみるみる成長したりもする。

その頃は、最初の二人はもうすっかりいなくなっていた。家族みたいと、今一瞬、不穏なメタファを使ったが、もちろん家族じゃさらさらない。その証拠に、家族とは違って、いなくなっても気にならない。どこかでちゃんと生きてるといいなと思うだけだ。

先日、四十人の演習のクラスで意見を言わせたら、一人が「自然」がなんたらと言った。うーーん、そうかなあとわたしは言い、「自然」と板書したところ、学生たちがざわめいた。振り向いたら、「ぼく、『自分』と言った」「『自分』って」「『自分』です」と口々に言った。

「しぜん」と「じぶん」。

だいぶ違うような気もするが、違わないような気もしないではない。

同じ日のもっと遅い時間に、わたしは学生の一人に「せんせい」と後ろから呼ばれて、なにか言われた。それもやっぱり聞き取れなかった。学生はくり返し、二回目、三回目と、どんどん声が大きくなり、ほとんど叫ぶような声になり、わたしにはそのときやっと、それが人の名前だということがわかった。

聞こえる音をつなぎあわせて声に出してみた。

「違います、何々」と学生が大きな木槌《きづち》で叩《たた》きつけるように言った。何々は、聞いたこともない詩人の名前だった。ああこれかとそのとき思い当たった。

夫や父に、何度も、何度も、するなと言われてきたことだ。ゴルゴ13のルールだった。後ろから話しかけるな。声を張り上げるな。

実は、数か月前、まだカリフォルニアにいたとき、娘にも同じようなことをされた。

即座にわたしは、それはとても **humiliated** だからやめてほしいと伝えた。娘との関係だからそれが言えた。

そのときにも、そして今回も、考えたのだった。つまり若い人は、たんに聞こえないと思っている。聞こえないのだから、声を大きくすれば聞こえると思っている。それで声を大きくするのだが、こっちには声を荒らげたようにしか聞き取れない。声というのは、感情とともに荒らげるわけだ。いらだち。呆《あき》れ。とまどい。できなくていらついて。不満に思い。失望し。聞き取れないことに意図があるんじゃないか。つまり拒絶。あるいは無関心。

それはまったく、わたしが父や夫に対して感じていたことだった。

「違うのだ」と父も夫もくり返した。

「正面から向き合ってしゃべってくれ」

「口を大きくあけてはっきりしゃべってくれ」

「一音一音はっきり話してくれ」

「高音のサ行やカ行はとくに聞きにくいから、低い声で発音してくれ」

「固有名詞はゆっくりと確実に発音してくれ」

ところがここで問題があった。父はまだよかったが、夫が。

わたしの英語は、耳で聞いたのを、スペルも何も知らないまま、状況ごと取り出して、状況にあてはめてくり返すだけだったから、一音一音、はっきりしゃべることができなかった。そもそも正しいことばを使っているという確信もなかったから、却《かえ》って追いつめられたような気がした。それでわたしは反発した。拒絶か無関心かと。てなことを、くり返し、くり返して、体得したのである、拒絶ではないし、無関心でもないことを。そして、耳の遠い老人に対する、正しいしゃべりかたを。

自分がその立場に立ってみたら、こんなに humiliating だとは思わなかった。しかも、娘にならはっきり言えることを、関係の違う学生には、はっきり言うことができなかった。

その二つのちいさな事件が trigger に、日本語で言ったら、引き金、というか起爆剤となって、わたしは、熊本に帰って、その足で、赤目さんのいる店に、補聴器を買いにいったのだった。値段は覚悟していた。二十年くらい前に、夫がすでに当時の最高テクノロジーを使った補聴器を買った。それが六千ドルだった。それだけ払って作ったのに、彼はその補聴器を家の中でつけたがらなかった。その結果、わたしの言葉は、何も聞き取られなかった。

日本人の親子が、日本語の会話の方が自然なのにもかかわらず、わざわざこの老人を、孤立させまいと気遣って、むりやり英語を話しているというのに、なぜ聞こうとしないか。

話しかけても、聞き取らなかった。何回もくり返すと「ああ、英語だったのか」と言った。あのときの humiliating な気持ちは忘れがたい。

英語だ、くそったれ。

ちゃぶ台があればひっくり返したかった。

わたしたちとコミュニケーションを取りたくないか。わたしたちを軽視しているのか。とまあ、また、そういうことになって、ケンカをしたのだった。

彼はひきさがらなかった。

「何もかもが聞こえるのだ。自分の咀嚼《そしゃく》する音が聞こえる。パーティーでは、人々のしゃべる言葉がいっせいに聞こえる。やかましくて生きていられない」

それで彼は使わなかった。たまに使おうとすると、かならず電池が切れていて、買い置きの電池はもちろんなかった。

その humiliating な感じとはどんな感じだっけ。思い出してみた。

恥ずかしいというのとは違う。恥ずかしいわけではないのだ。だって、年を取って、髪が白くなり、目が見えにくくなり、膝《ひざ》が痛み、月経がなくなり、耳の聞こえが悪くなる。すべて何も恥ずかしいことではないのだ。

ただ人には、前を向いて、頭を上げ、立ち上がって歩き出そうとする特性がある。それが、意味もなく否定され、押しつぶされる感じだ。それで頭を上げられず、前を向けず、立ち上がれないような、もどかしい感じでもある。

人が、前を向き、頭を上げ、立ち上がって、歩き出そうとする。ああ、それが尊厳てことか。

粗忽《そこつ》長屋

早稲田で教えている小説のクラスが迷走している。何しろ小説家と名乗ったことがないので、何をどうやって教えていいのかわからない。

最初の週になんでもいいから書いてこいと言ったら、大半が小説とも思えぬような代物《しろもの》だった。ノートに一、二行、詩のようなものをなぐり書いて、そこだけやぶり取って、その切れ端を提出した猛者《もさ》もいた。詩のクラスは別にある。こっちは小説のクラスだから、みんな小説を書きたくてうずうずしてるに違いないと思っていたのだが、そういうわけでもないのだった。大半はそんな感じだったが、小説を書いてきたのもいた。生々しく、みずみずしく、古めかしく、正視できないほどキラキラしていて、未完だった。

次の週には自分のことを書いてこいと言った。四十人がいっせいに自分のいろんな面を書いてきた。それはちょっとすごかった。その次は、家を出てバイトなり学校なりに着くまでに目についたものを携帯に吹き込み、それを書き起こして推敲《すいこう》して出せと言った。昔、わたし自身が詩を書くときにそれをやった。文字起こしというのは辛《つら》い作業で、でもその過程で、何を書くか何を書かないかの判断がずいぶんできるようになったのだった。ところが今どきはスマホで、声を吹き込めばそのまま文字になって出てくる。文字起こしする辛さはなくなる反面、書く書かないの判断も甘くなる。二、三十人分のだらだら書きが提出されてきた。二、三十人。つまり、その頃からだいぶ出席者が減ってきたのである。自分でも迷走しているとわかっていたから、驚かなかった。

次は、もう少しじっくり練り込んで書いてもらいたくて、ちくま文庫の『古典落語正蔵・三木助集』から三木助の「芝浜」をコピーして配り、それから「芝浜」の音源をちょっとだけ聞かせた。勝っつぁんが朝早く芝の浜へ行って夜明けを待っているところだ。それから露伴の「幻談」を読ませたが、これには学生がなかなか入り込めず、表情がどんよりしてくるのがわかった。それで深入りしないで、こんどは志ん生の「粗忽長屋」を一人一人にメールで送りつけた。これを聞いて、そのオチを使って小説を書け、カフカやゴーゴリなら小説にできそうなオチだが、あたしはカフカでもゴーゴリでもないからそれができなかった、ついてはあんたたちにあたしのかわりにやってもらいたいと指示を出した。

　無理難題だったと思う。学生たちは悩んだ。締切は一か月後に設定したが、間に合ったものは数人しかいなかった。それでもかれらは書き続け、春学期が終わるという今頃になって、続々とクラスのほぼ半数の学生たちが書きあげてきた。ほんとにカフカみたいに仕立ててきたのがいる。ファンタジーがある。ミステリーがある。戦いがある。ホラーがある。どれにも必ず「自分の死」がついて回る。わたしみたいな世代で、周囲のものがどんどん死んでいく経験をしたならともかく、みんな若いからほとんど死に出会ってない。それでも死について必死で考えたようだ。

　中にこんな短編があった。高校生の主人公が実は死んでいて、周囲の人々は彼の死を知っていながら、最後の数日をいっしょに過ごすのである。主人公は死んでるが、普通に学校に行き、家に帰れば母親が（息子は死んだとわかっていながら）夕食を作り、会話し、お風呂《ふろ》に入って、寝て、起きて、母親が（息子は死んだとわかっていながら）朝食を食べさせて学校に送り出した。母親の気持ちを丹念に描いた、そのぎこちなくてみずみずしい短編を、私は泣きながら読んだ。

粗忽者は、わたしである。とにかく物をなくす。落とす。そして忘れる。こないだ犬をなくしかけたことは、もう話した。財布を忘れて、羽田で待ちあわせていた編集者佐藤さんに三万円借りて帰ったことも話した。

「ぼくもしょっちゅうやります」といって。佐藤さんは快く貸してくれた。「ま、おたがいADHDだからしょうがないですよ、伊藤さん」

そんなことが日常茶飯事だ。この一週間でメガネを三本なくした。一本はタクシーの中に置き忘れた。飲みに行った帰りだった。タクシー会社の名前を思い出せなかった。もう一本は大学で落とした（後で見つかった。わたしは大学の落とし物カウンターの常連だ）。置き忘れたのは度入りのメガネで、わたしはそのメガネをかけてるつもりで、本屋で買った老眼鏡をかけ、何にも見えないのに、平気で人としゃべり、地下鉄に乗り、東京を渡り歩いて、羽田に着いて、飛行機に乗ろうとして、いつものメガネじゃないのに気づいた。そして三本目のメガネは、いつなくしたかもわからない。

なくしたと気づいたとき、赤目さんに申し訳が立たないととっさに考えた。

わたしは、熊本のメガネ屋で赤目さんに出会うまでは、カリフォルニアのメガネ屋で作っていたが、漢字を読むということを理解してくれないので作りにくく、使いにくかった。十数年前にこのメガネ屋で作ってみたら、たまたま担当してくれたわたしと同世代の店員が、それが赤目さんなのだが、漢字もひらがなも知悉《ちしつ》し、まるで野鳥の卵を巣から取り出しまた戻すような繊細さで、わたしの顔にメガネをかけたり外したりした。それ以来、メガネはそこでしか作らない。そして必ず、赤目さんをお願いしますと入り口で指名する。赤目さんの作るカルテには、几帳面《きちょうめん》な細字で、どんなメガネをいつ作ったかが書き込んである。そして何をいつどうなくしたかも書き込んである。

「メガネってたいてい数年でなくしたり度が合わなくなったりして作り直すものですよね」とジョークのつもりで赤目さんに言ったら、赤目さんはにこりともせず、「いやそんなことはありません」とまじめな声で即答した。「何十年と持っていらっしゃるかたもいます」

赤目さんに作ってもらったメガネを、さんざんなくしてきた。あるときは犬に食われた。メガネのつるに体臭がこびりついているから、懐《なつ》かしがって犬がかじるのだった。あるときはこんなことがあった。車に乗り込むとき、何かに気を取られていて、メガネをひょいとワイパーの上に載せ、そのまま忘れて走り出し、十分ほど運転した後で気づいた。高速の上だったから、急いで速度を落とし、出口までなんとか走り続けた。高速から出たら停車してメガネをと思ったとき、手が無意識にウインカーを出し、日本から帰ってきたばかりだったから無意識に、ウインカーでなくワイパーを動かし、狼狽《ろうばい》してより強く振る方にレバーを動かしてしまったから、堪《たま》ったもんじゃなかった、メガネはすぱーんと飛んでいった。いずれのときも、熊本に帰って赤目さんに報告し、メガネを作り直したのだった。再調整の検査をされながら、赤目さんが、口では言わないが、全身で悲しがっているのを感じ取った。

鍵をなくしたことはもう話した。居候《いそうろう》している友達の家の鍵である。それからすぐに、自分の家の鍵もなくした。これでおあいこだと思った。それから郵便局に郵便を出しに行ったときには、肝心の郵便物を忘れて取りに帰り、取って郵便局に戻ったら、今度は最初は持っていた財布を家に置いてきた。

その頃、講演が重なった。どの講演でも、話しているうちに話があちこち飛んで収拾がつかなくなるのだった。「わたしは話が飛ぶので、みなさんが自分でまとめてくださらないといけませんよ」と言って、いつも客から笑いを取った。どんなに飛んでも最終的には行くべきところに行き着く。それが芸である。むしろあちこち広げながら話していくことで、聞き手はいずれ、これは、ただの個人的な与太話ではなく、普遍的なことがらなのだということに気づくのだ。でも以前、授業でそれを言ったら、真に受けた学生から「話が飛んで、何を言いたいのかわからなかった」とリアクションペーパーに書かれた。

わたしが授業に必要なプリントとか資料とか、忘れ物をくり返したとき、一人の学生が「先生、忘れ物が多すぎる」ときつい調子で言い放った。叱《しか》られたような気がした。忘れるたびにわたしは、ちょっと待っててとみんなに言い渡して自分で研究室に走るか、助手（TA）を走らせて、取ってきてもらうかした。「TAを酷使しすぎです」とリアクションペーパーにまた書かれた。

今どきは、教務課から、学生の誰々は発達障害だから配慮してくださいと連絡が来る。それでわたしは心をこめて、その学生の発達障害を配慮する。それなのに学生は、教員の発達障害に対して、ただただ批判をくり返す。これが芸風と思って生きてきたけど、もう限界だ。粗忽すぎる。粗忽が祟《たた》って、いつかもっとたいへんな粗相をするに違いない。春学期の終わりにそんな焦燥感にかられていたとき、佐藤さんに会ったら、これは前に空港で三万円借りた佐藤さんだが、こんなことを言った。

「この頃薬をのんでるんですけどね、それが効くんですよ。ぼくたちみたいな、ＡＤＨＤの人が医者に行って正式にもらってのむような薬、人にすすめられて飲んだら、効くの効かないのって」

でもわたしたちみたいな仕事は、だからこそ過度に集中できて仕事ができるわけで、それがなくなったら書けなくなっちゃうんじゃないんですか。

「いやいやその反対、集中するのをさまたげていたものがなくなって、というか、薬で緩和されて集中できる、それまでは五分おきにネットやったり、立ち上がって冷蔵庫開けたりしてたのが、しなくてすむようになったんですよ、もう仕事が、怖いくらい、できる」

うそ、と言ったら、「いやマジで」

そして「こんど送ってあげますから、それで試してみればいいですよ、個人輸入業者に注文するんです、処方箋《しょほうせん》もいらない、合法だと思いますけどね、一月分で五千円前後」と佐藤さんは言い、しばらくして本当に、青い錠剤が十四個、外箱の切れ端といっしょに、佐藤さんから送られてきた。

わたしもまったく佐藤さんと同じだった。集中できない。仕事しなくちゃと思っていても、ついネットに行って、読まなくていいニュースを読む。調べなくていいものを調べる。立ち上がって植物に霧吹きしたり、冷蔵庫を開けたりする。それをくり返すばかりで、なかなか集中できない。これはぜったい治す必要がある。そして治す薬があり、他に治す手段がない。そしたら薬をのむしかないじゃないか。そう考えた。

ある朝、十時前に、その薬をのんだ。そして仕事を始めた。気がついたら夕方の六時だった。犬をつれて散歩に行き、帰って水をやり、餌《えさ》をやって、自分でも冷蔵庫から何か出して立ったまま食べた。ビールも一缶取り出して、飲みながら仕事を再開した。次に気がついたら夜中の十二時で、ビールは半分残って、ぬるくなっていた。仕事は採点だった。学生のレポートを読んで採点するのだが、二百七十人分あるのだった。学籍簿は女も男も学年もごっちゃであり、あいうえお順かというとそうでもなく、そもそも名前を見ても女も男もないようで、読み方もわからぬ名前がならんでおり、集めたレポートは順不同で、九ケタの学籍番号と名前の照合に手間どって、気の遠くなる作業だ、もっと手際《てぎわ》よくやる方法があったはずだと思いながら、レポートを読んで採点し、またレポートを読んで採点し、はっと気がついたら朝だった。車の走る音が聞こえた。しばらく自分のいる場所がわからなかった。六時間はどこに行った。効いた、効いた、長湯からあがってきたような気分だと、目を、チックの子どもみたいにしばたたきながら、画面から視線を外したら、壁にかかった鏡の中に、母の首、母の脇腹《わきばら》、母の足がうつっていた。ぎくりとして目を凝らしたら、母のまぶたや母の乳房もそこにあった。母は明け方の月みたいに薄っぺらくなっていて、ふるふるにしなびて、干からびていた。いつものことだ、こうやって老いていくのだと思いながら、もう一つ思ったのは、あれがわたしなら、ここにいるわたしはいったいどこのだれだろうということだった。

燕《つばめ》と猫

日没の十分、十五分前、椋鳥《むくどり》の群れが数羽から数十羽の規模で南をさして飛んでいった。一群れ飛んでいったと思ったら、また一群れ飛んでいった。南の方角、街の中に、大規模な椋鳥のねぐらがあるそうだ。この地域の椋鳥がすべてそうやって飛んでいった。

燕はまだゆうゆうとしていた。電線に止まっているのもあれば、川面《かわも》を飛んでいるのもあった。川面を飛びながらときどきちゃっと水面に体を浸《つ》けるのもあった。空の高いところを悠々と飛んでいるのもあった。椋鳥には目的地があるが、燕にはまだない。そんな印象だった。

日没の五分ぐらい前になったら、燕が集まってきた。どこにこんなにいたのかと驚く数が、時間だ、ああ時間だ、と考えているように、葦原《あしはら》に向かって飛んでいった。

そして日が沈んだ。日没の時刻は調べてあった。太陽が山の端《は》に隠れるとあたりはぐんと穏やかになり、それから数分後にわたしたちの見えないところで水平線に隠れると、世界の明るさも質感もいきなり変化して、椋鳥も燕も、わたしも、ああ日没だと感じるのだった。

日没の五分後、空いちめんに燕が飛び交っていた。集まってきた燕が、葦原の上で、数百羽単位の群れをつくった。ときにそれは数千羽単位にふくれあがった。

東の方角に夕焼け雲が広がっている。北の方角には雲が層を成している。そして西の方角は、日の沈んだ後の空に稜線《りょうせん》がクッキリしている。高いところにある月は、半月から少し太って満月に向かい始めた月だ。空の青さが昼間の青と違う。黒光りしているような凄《すご》みのある青で、澄んでいるとも思うし、濁り切って深くて底なしのようだとも思う。

澄んで濁って底なしの青い空に飛び交っていた群れが、群れのまま急降下して、葦原の野面《のづら》すれすれに高速で飛んでいくようすはまるで迸《ほとばし》る流れのようだった。数千羽の白い腹がちらちらした。そのまま群れはいくつかに分かれ、ひとつの群れがいきなり方向を変えて、わたしの方に飛んできた。燕といえども野生動物で、野生の動物にこんなに取り囲まれた経験は初めてだった。密生した藪《やぶ》の中を歩くような、降り出した雨の中を歩くような感じだったが、あれだけ高速で、群れの意志で動いていたのに、一羽もわたしにぶつからず、かすりもしなかったのが、ほんとうに不思議だった。

日没から十分後、燕が葦原に降りはじめた。上空を飛び交う群れから数羽ずつ葦原に降りていくのが、明るさの残る西空を背にくっきりと見えた。空の上で脱力した、そのまま重力にまかせて落ちた、そんなふうに見えた。「降りる」というよりは「降る」「落ちる」で、「ねぐらに寝に行く」というよりは「死にに行く」というふうに見えた。


燕に気がついたのは、七月の終わりか八月の初めだった。やたらに鳥が多いなと思った。空のものすごく高いところに、空いちめんに広がって鳥が飛び交っていた。川面や湿原の野面を高速で飛んでいくのにも気がついた。低いところにいるのは黒い体と突き出た尾で燕とわかった。高いところにいるのは椋鳥だろうと思っていた。

来る日も来る日もそれを見た。立ち止まって空を見上げていたら、向こうにも同じように立ちどまって空を見上げている一人の古老がいた。そのうち目が合い、ぺこりと頭を下げたら、向こうも下げ返し、ある日、今日は多いですねと話しかけたら、古老は饒舌《じょうぜつ》で、しかも物識《ものし》りで、いろんなことを教えてくれたのだった。

これは「燕のねぐら入り」という現象であること、日没の前に南に飛んでいくのは椋鳥だが、上空にいるのも川の周囲にいるのも燕だということ。人家の周辺にかけるのは繁殖のための巣で、子育てが終われば、親も子も巣を離れ、夕方はここでアシの茎にとまって眠ること。ここなら天敵の鼬《いたち》や猫がやってきてもアシが揺れてすぐ気づくこと。野鳥観察会の誰さんが数えたら、ほぼ二万羽いたそうだ。誰さんの観察によると、二年前の八月二十三日には、数万の燕が葦原に降りずにそのままどこかへいなくなったそうだ。それが渡りだったった。

「燕には六種の鳴き声があるんですがね、相手を求めて鳴き交わすときは、虫食って土食ってしぶーいと鳴く。子どもの頃からそんなふうに聞きなしていました。ちょうど口の中でホオズキを押して出す音みたいな音」

土手から葦原まではクズが繁《しげ》り、ヨモギやオオアレチノギクやアキノノゲシ、セイバンモロコシやススキ、メヒシバやオヒシバが繁る。それから湿地になり、アシやオギが繁る。もっと奥には池がある。白鷺《しらさぎ》や青鷺が棲《す》んでいる。五位鷺もいる。蛙《かえる》や亀《かめ》が、在来種外来種、おびただしく棲んでいる。

「そこには（なんとかこうとか）貝も棲息《せいそく》してますよ」

赤い卵をうみつけるやつですか、と聞くと、

「いや、それは田螺《たにし》、それじゃなくて、もっと大きな二枚貝、こんなに大きな貝殻の」と古老が言った。とってもめずらしい生き物で、名前だけでも慈《いつく》しんでやまないという口調で言った。その肝心の名前は聞き逃してしまった。沼貝や石貝なんていう語感じゃなかった。カタカナが濁ったり澄んだりしながら長々とつづくような貝の名だった。

——いつ頃からこの辺に住んでいらっしゃいますか。

「昭和五十年に来たんです、来てすぐ川が溢《あふ》れた」

わたしは昭和が換算できなかったので、わたしたちは一九八四年です、と西暦で言った。

今ここでこの古老に対峙《たいじ》しているのは、この三歳の犬とわたしだけなのに、つい家族の記憶が生々しく甦《よみがえ》って「わたしたち」と言ったのだった。古老はそこに突っこまず、

「一九八四年ていうと」

彼もまた、西暦から昭和への換算ができなくなっていたようだった。

「むかし、この辺は氾濫《はんらん》したから家を建ててはいかんということになってましてね。あの線路からこっちには家を建てちゃいかんと、線路の向こうならいいと」

その頃、このあたりは何があったんですか。

「田んぼでした」

――田んぼですか。

わたしは、まだこの遊水地ができる前、あま鷺を見たことを話した。

「頭の赤いやつですねえ、あれは田んぼにいるから」

――頭の赤い白鷺なんて見たことがなかったから、鴇《とき》かと思って、やっぱり九州は違うと興奮して、鳥の図鑑を買ってきて見てみたら、鴇じゃなかった。

「ははは、鴇だったらたいへんだ」

――しばらくしてこのあたりが掘り返されて、花がテーマのお祭りがあったでしょう。

「平成元年だったかなあ、ありましたねえ。フラワーフェスティバルっていったかな。どうすんだ、こんなに掘り起こして、園芸種の草花を植えて、在来の自生の植物をめちゃくちゃにしてと思っていたら、案の定そういう花がいくつも逃げ出して、そのあと何年もあちこちに咲いていた。まだ少し残ってますよ、園芸種の花はぱっと目立つからすぐわかる。その跡地がこの遊水地公園になったんです」

そのとき犬が飛び跳ねて、繁みの中に頭をつっこみ、その中の何かに向かってうなった。鼬だろうと思ってリードを引いて、繁みを見ると一匹の、六、七か月の子猫がいた。犬に待てと言いながら子猫を抱き上げると、子猫は手足をばたつかせ、シャーッと言いながらもかんたんに抱かれた。犬はおとなしくなった。後は任すと思っているようだった。

さてどうしようとわたしは考えた。いっそ飼うか。猫を飼うには不適切な暮らし方だが犬だってなんとかなっている。猫だってなんとかなるだろう。

「向こう側の藪に置いてやったらいいですよ、猫の集まる藪がある、そこから来たんではないか」と古老が言った。

猫は野良《のら》猫だ。野生のものをこうして自分の管理下に入れたがる気質がいけない。わたしは反省した。この河原には猫もいるが、鼬も狸《たぬき》もいる。そういうものに手を出してはいけないことは心得ている。昔このあたりで狸に餌付《えづ》けしている人を見たが、河原の藪から餌に惹《ひ》かれて出てくるわ出てくるわ、やせこけた動物が九匹出てきたときにはほんとうに驚いた。あれも夏だった。

ああいうものをここで拾ったとしても、連れて帰ることはしない。野に置いておかねばならない。それがルールだ。それなら河原の猫も同じではないか。そう考えをまとめたわたしは、そのまま猫を抱き、犬をつれて、猫の藪まで案内しようという古老と一しょに歩きつづけたのだった。穂の熟したセイバンモロコシが繁りすぎて狭くなった道だった。

わたしの腕の中の猫は、手足をぐんにゃり伸ばしていた。ときどきあらぬ方を向いてシャーッと言った。その動きがおそろしく緩慢だった。病気なのかもしれないと思った。動けなかったから、わたしがかんたんに抱き上げることができたのかもしれないとも思った。

昔、まだ家族がいた頃だ、夫が一人に子どもが二人。子猫を拾ったことがある。三、四か月の子猫だった。ところが翌日から家族全員が虫にかまれ始めた。子猫の体を調べると蚤《のみ》がいたから、あわてて猫を洗った。ああさっぱりした、ふわふわになったねと猫に話しかけ、猫もそう思っているような様子をした。そして夫が猫を抱いて寝たのだった。夜半、わたしはにおいで目を覚ました。猫がベッドに糞《ふん》をしたのかと思った。

「おとうさん」と当時の夫を呼ぶと、目を覚ました夫が「おい、猫が死んでる」と怖《おそ》ろしげに言った。猫は夫の肩の上で長く伸びて死んでいた。脱力した体から糞が出ていた。

そんなことを思い出したのも、この猫があまりにもぐんにゃりしていて、もしかしたら死期が迫っているんじゃないかと考え始めたからだったし、奇妙なにおいがするのにも気がついたからだった。最初は猫に糞がついてるのかと思った。しかしただ糞がついているというよりは、糞を水で薄めて猫に塗ったようにうっすらと、むしろのっぺりと、臭みが漂ってくるのだった。しかしいったい誰が好きこのんで猫の糞を薄めるか、野良猫をつかまえてそれを体に塗るか。

実に奇妙なにおいだった。生臭くて腐ったような。こっちの存在にまつわりついてくるような。猫は何匹も飼ったが、こんなにおいは一度もしなかった。犬の犬臭さとも違う。人の人臭いのとも違う。でもどこかで嗅《か》いだことがあるにおいなのだ。何のにおいだろう、どこで嗅いだだろうと考えていたのだった。

「動物がお好きですね」と古老が言った。「私はどうもね、鳥は好きだが動物は。ほら、あの自転車がそれです。あの自転車の人がいつもここに来て猫の世話をしている」

まるで河原に放置してあるように横倒しになった自転車がそこに置いてあった。そういえばこのあたりでよく猫を見かけたのだった。そのたびに犬が夢中になって追いかけた。リードを引っ張って繁みの中まで入り込もうとした。

繁みの手前に猫を置いたが、猫は動かなかった。それで抱き上げて、繁みの中に入れてやった。獣医につれていくべきかと一瞬考え、いやいやと思い直した。猫は今日か明日のうちに死ぬだろう。繁みの中で横たわり、冷たく固くなり、腐敗していくだろう。虫や鴉《からす》がそれを食い、狸もそれを食い、一週間もかからずにすべて無くなるだろう。

わたしは古老とそこで別れた。

あたりはいよいよ暗くなり、上空はしんと黒ずみ、西の空にだけ明るさが薄く残っていた。その中で、何千何万という燕たちがさらに飛び交い、降りるというよりは落ちるように、寝に行くというよりは死にに行くように、とめどなく、ほんとうにとめどなく、空から降ってくるのだった。

やきいも行進

室内の観葉植物というのは、たいていの場合熱帯の植物で、そして幼木だ。ナーセリーと呼ばれる園芸屋で、一斉に芽吹かせたそれを、小さなプラ鉢に植えつけて一斉に出荷する。中には、熱帯産じゃない、ギボウシやヤツデなどという、日本に自生し、庭の隅に植えてあるものもあるし、ヤツガシラという八百屋の管轄《かんかつ》のものもある。食用のヤツガシラを水に浸けておけば、実に美しい緑の葉が伸びる。

以前、ヤツガシラが手に入らなかったから（カリフォルニアに住んでいたのだった）ふつうのサトイモでやってみた。緑の葉がしゅっしゅと伸びたところで、家の中に巣くっていた鼠《ねずみ》にやられた。「だから何度も猫を飼おうと言ってるのに」「だから何度も猫は嫌いだと言ってるのに」とその件でも夫とわたしは険悪になった。

水に浸ければいいのは他の芋もそうで、サツマイモでもジャガイモでもできる。サツマイモなんて、そうやってそだてたのとまったく同じものが、イポメアという名前で、吊《つ》り鉢に入れられて売られている。青みがかった淡い緑の葉が繁る。あるとき、繁り終わったイポメアの鉢をほじくり返してみた。しなびた芋がいくつも取れた。ゆでてみたが、固くて筋だらけで、食べてどうのという代物ではなかった。

おっと何の話をしていたのか。「たいていの観葉植物は熱帯の植物で、そして幼木にすぎない」に戻る。どんなに大きく育てても、自然のままにあるその種の大株とは比べものにならない。でも幼木だ。まだ幼いこどもの木なのだと思っただけで、そだてるという意識が出てくる。保護者としての責任感も充実感も感じられる。そして保護する者と保護される者、たまたま出会った者同士がまずするべきなのは、相手を理解することだった。この場合保護される者たちは何もできないし、する気も無いので、とりあえずわたしが、かれらが何科で何属で、本来はどういう環境にそだったのかを知り、それをできるだけ再現してやるということなのだった。

もう二十数年も昔になるが、カリフォルニアの男の住んでいた家にわたしが野良猫みたいに入り込んでいったとき、そこにはモンステラとユーフォルビア、マランタやカラテア、そしてレックスベゴニアが何鉢もあった。どれも自分がそだてた、植え替え植え替えしてここまで大きくしたのだと男は、夫になった後、何度もいったが、その後の暮らしぶりから推察すれば、植え替えをするようなマメさが彼にあったはずはない。どうせ別居していた元妻あたりがやってきて、いらぬ世話を焼いたのだろうとわたしは考えた。

しばらくして男の本棚に、凶器になるほど大きくて重たい本を見つけた。『Houseplant』というタイトルの本だった。著者は元キューガーデンの園長だった。

わたしは、英語の本は読みたくなかったのだった。日本語を忘れてしまうと怖れていた頃だった。でもミズヤリとかヒアタリとかなら、英語だったけれども、カタカナで書かれているくらいには理解できたし、植物の名前はまずラテン語で、その後ろに英名が、あだ名のようにカッコに入っていた。室内の観葉植物たちはみんな外来の植物たちなので、英語をしゃべる人々の生活に密着した記憶がない。それでその記憶に基づいた英語の名前もないのだった。

もともとラテン語名というのは、言語の違うもの同士が、ある植物を同時に指さしたときに語り合えるようにつくられたものだ。ある日あるとき見たあの植物について、だれかにぜひ語りたいが、経験を共有していないから語りようがないというときにも役立つものだ。むやみな断定に聞こえるが、これはわたしの実感だった。

わたしはその本を読んで、指示に従った。すると植物が枯れなくなった。

それで、わたしは自分でも少しずつ鉢を買い足した。指示に従ったから、新しく買った植物はなにも枯れなかった。

その本にはなんでも載っていた。貝殻虫《カイガラムシ》の退治のしかたも載っていた。イギリス文化の人らしく「ジンで拭《ふ》き取れ」と書いてあった。

カリフォルニアの乾いた環境で植物をそだてていると、悩みのたねは貝殻虫だった。ジンは臭いので、わたしは、アルコールのにおいしかしない消毒用アルコールを買ってきて、綿棒に含ませて、丹念に貝殻虫をこそぎ取った。どんなに退治ても、貝殻虫は絶えるということがなく、しばらくすると、葉脈の陰や新芽の裏、人間でいったら腋《わき》の下や耳の裏、鼠径部《そけいぶ》という、隠れた、皺《しわ》の寄ったあたりに現れて、やがて鉢という鉢の植物に取りつくのだった。

その本には「貝殻虫のついた鉢を取り除け」と書いてあったが、わたしには取り除けなかった。のちにわたしは十四歳の老犬を看取《みと》ることになるのだが、周囲のアメリカ人からは安楽死をすすめられた。でもそれは頑としてしなかった。それからまた何年もして、わたしは八十七歳の老人（夫である、あの、すぐ険悪になり、いがみあってばかりいた）を看取ることになるのだが、そのときも、苦しみに耐えられなくなって彼が安楽死安楽死と言い出すのに思わず耳をふさいだ。

貝殻虫の元凶は、居間のど真ん中にある樹齢数十年のモンステラだった。幹は節くれだち、大蛸《おおだこ》のようにうねっていた。葉はざぶとんほども大きく、二十数枚が繁っていた。最後に植え替えたのがもう十年以上前になる。

まず人に手伝ってもらって、死体を入れる甕《かめ》になりそうなくらい大きな陶製の鉢に植え替えた。それからさらに人を呼んできて、数人がかりでその鉢を持ち上げた。腰の悪い夫は参加せず、わたしの他はみんなアメリカ人だったから、だれも「よっ」とも「しょっ」とも声に出さず、無言で持ち上げて、プラスティック製の受け皿に無言で降ろした、そのとき皿にひびが入った。すぐ取り替えられるものでもなかったので、それから数年そのままだったが、水をやるたびに床が水浸しになった。

それで数年後に、今度はプラ皿を二枚用意して、もう一度人を集め、また全員で、無言で持ち上げて、無言で二枚重ねの大皿に降ろした。それ以来植え替えはしていない。ただ貝殻虫の除去をしつづけた。

モンステラからよそへ転移したのか、そっちはそっちで別に生まれたのかわからないのだった。しかしとにかく、貝殻虫はあちこちにあらわれ、わたしは一日に何度となく、葉を点検し、裏返し、なでまわし、貝殻虫を綿棒でこすり取った。植物を世話しているのか貝殻虫を世話しているのかわからないと思ったし、貝殻虫に不思議な愛着がわいたりもしたが、それでも除去、つまり殺しつづけた。そして新しい鉢をどんどん買い入れ、挿し木や株分けでどんどん殖やしていったのだった。『Houseplant』はぼろぼろになるまで読みふるした。日本に行くときの機内にも、その大型本を持ち込んで読んでいた。よく保安検査にひっかからなかったものだ。あれで殴れば人間などひとたまりもないというのに。

そのうちわたしは、園芸の情報ならネットでも得られるというのに気がついて、ネットを検索し始め、出会ったのが、「木下ヨージ園芸百科」というサイトだった。「木下ヨージ園芸百科」は鉢花と観葉植物に大きく分けられ、それぞれに細かい目次が作られ、名前でも検索できたし、科名でも検索できた。写真もついていて、科名を探しあてさえすれば、後は写真を見ていくだけで、目当ての植物にたどりつくことができた。そして何より日本語だった。英語でもラテン語でもなくて、日本語だった。

Araceae と呼ぶよりサトイモ科と呼ぶ。Lamiaceae と呼ぶよりシソ科と呼ぶ。その方が、わたしの心身の根底の奥底の場所に、ことばが、そして植物の実体も届いたのである。

日本語の世界に足を踏み入れたとたんに、すべてがカタカナになり、子どもの頃から植物図鑑で見慣れた風景がそこにひろがった。しかしながら子どもの頃の植物図鑑に載っていたのは日本の土地に生える植物で、今わたしが検索するのは、遠く南アメリカやアフリカ、近くても南アジアの熱帯原産の植物ばかり、つまり科名は日本語でも、属名以下は、ただラテン語のカタカナ表記だった。

たとえば、サトイモ科フィロデンドロン属を例に取れば、「フィロデンドロン・オキシカルジウム」「フィロデンドロン・クッカバラ」「フィロデンドロン・セローム」などと、一種ずつ写真つきで丁寧に、その出自、性格、表情、好き嫌い、癖などが説明してあった。同じフィロデンドロン属でも、「ヤッコカズラ」「ハネカズラ」「シロガネカズラ」などと、日本語名で流通しているものは流通名で載っていた。

言語的には混沌《こんとん》だった。ラテン語のカタカナ表記は、わたしの英語のように、日本語なまりになまっていた。「オキシカルジウム」なんて、よく「サンディエゴ」を「サンジエゴ」と書いて、またそう発音する人がいるが、あれと同じだなと、オキシカルジウムについて考えるたびに考えた。高校一年のときにグラマーの先生が最初の授業で「じす・いず・あ・ぴぇん」と言ったときにはたいそう驚いたが、あれともあんまり変わらないな、と。

新しいAPG体系についても、この「木下ヨージ園芸百科」で知った。以前のユリ科が瓦解《がかい》して、キジカクシ科、ヒヤシンス科、リュウゼツラン科、リュウケツジュ科などに分かれたとか、アカザ科がヒユ科になったとか、ベルリンの壁やソ連が瓦解して地図が変わったときのような、子どもの頃からの常識が覆《くつがえ》されたような気分だった。

　植物がただ根から水を得ているだけではないということもここで知った。葉からも水分を摂《と》るそうだ。だから葉水をやらねばならない。これは「はみず」と読む。霧吹きで葉に水を吹きかける行為だ。熱帯の湿った密林の奥の下生えに生えているような植物には、間断なく葉水をかけてやらねばならない。この「間断なく」はわたしのトランスレーションで、なにしろカリフォルニアは、雨なんか半年に一度あるかないか、リュウゼツランやヤマヨモギの自生するような土地であり、わたしのそだてていた鉢植えの植物たちはほとんどが熱帯の密林生まれでといいかけたが、いや、それは違う。かれらはもう何世代もカリフォルニアのどこかのナーセリー（これには「保育園」の意味もある）で芽生えて出荷、芽生えて出荷をくり返してきた。母祖の住んでいた密林なんて思い出しもしない。

　おっとまた何の話をしていたのか。ともかく、それでも葉水はやらねばならないのだった。「木下ヨージ園芸百科」の話に戻ると、それぞれの植物の写真の下には小さな一覧表があり、一目で植物のすべてが把握できた。その植物に必要な日照量、灌水《かんすい》量《りょう》、葉水量、その植物の持っている耐寒性、耐陰性。情報は簡潔で、的確で、ときには同じ科同じ属の何々を参照せよと指示が書いてあり、そこで属としての性格がはっきりとつかめた。

今、耐寒性といったが、それはカリフォルニアでは必要のない情報だった。貝殻虫にやられつくして、人間ならば全身傷だらけの血まみれになって目をむいてうめいているような、そんなポトスを、家の脇の日陰の風通しのいい所に出しておくと、たいていはそのままくたばるから、しばらくしてカラカラになった骸《むくろ》を捨てるのだが、何十鉢かに一つの割合で、くたばらず、生きのびて、風にあたって貝殻虫も消え、すっかり健康になって蔓《つる》を伸ばしているという株を見るのだった。人にとっては厳しい土地だが、冬にも摂氏十度以下には下がらないという気候は、植物にとっては穏やかで生きやすいといえた。

わたしが熊本に帰ったのが三月の終わり、植物を集め出したのが四月の終わり。熊本の家は窓が大きいが、奥まっているので、どこも明るい日陰のまま、直射日光はほとんど入らない。室内の観葉植物にはもってこいの環境である。それで一つ二つ、窓際に置く鉢植えを買い、さらに買い、昔育てたのと同じものが熊本の園芸屋にもあり、あれも、これも、ということになり、買うというよりは集める、執着するという所業になり果てたのだった。

以来毎日オンラインの「木下ヨージ園芸百科」と首っ引きで、水をやり、葉水をやり、置き場所も考えてきた。それはこうして、住むところをカリフォルニアから熊本に移し、周囲の湿度や冬の寒さがまったく違う環境になっても、同じことだった。

ところが九月一日、いつものように「木下ヨージ園芸百科」を見ようとしたら、**Not found**と表示が出た。おかしいなと思ったが、深くは考えなかった。少ししてまた見てみたら、「木下ヨージの家族」の署名で「八月で閉鎖します」と書いてあった。数日後にはそれもなくなった。わたしのサファリには「木下ヨージ園芸百科」が項目立っている。それを何回クリックしても、もう**Not found**しか出なくなった。


わたしは熊本の河原を歩いている。だだっ広い河原である。土手の上に道が一本まっすぐにのびている。土手の下には民家が雑然としている。河原の中には人々が畑を作っている。サトイモが植えられてある。サトイモは、フィロデンドロンやポトスと同じ科だ。

イポメアの葉が繁茂する。イポメアはヒルガオ科のイポメア・バタタスで、この辺りでは、秋になるとどこからともなく泥つきのイポメア・バタタスの塊根がもたらされる。八百屋で買う必要がないほど各戸に潤沢にいきわたる。

畑のすみには新しく植えられたネギがある。ネギは旧ユリ科で、ＡＰＧではヒガンバナ科だ。アオイ科のオクラの花が咲いている。土手の道の両脇に繁るイネ科のセイバンモロコシの穂は熟している。わたしは人間脱穀機みたいにそれをしごいて振りまきながら歩いている。マメ科のクズの花がクズの葉に隠れて咲いている。ヒガンバナ科のヒガンバナが咲こうとしている。湿潤で雑然とした日本の田舎の風景であり、そんな風景でしかない。

空中には蝙蝠《こうもり》がポトホトと飛んでいる。高いところを鴨《かも》が数羽飛んでいく。その腹が白いのである。椋鳥や燕はとっくにねぐらに入った。あとは暗く暗く沈んでいくだけだ。その中をわたしは犬を連れて歩きつづける。そこに見えてくるのが植物の声だ。

植物の声だ。

植物がこの河原いっぱいに繁茂して、一つ一つ、種の単位ではなく個の単位になって一つ一つの株が一斉に声を発しているのである。

植物は動物以上に荒々しく、動物以上に性的に、生殖的になり、動物以上に他者に取りついたり取って食ったりしながら、ひろがろうのさばろうとする。藪の中に隠れひそむ雉《きじ》や狸、牛蛙や蝮《まむし》などという存在は、植物にくらべれば穏やかなものだ。植物のそういう性向を、わたしは室内でそだてた観葉植物たちから見て取った。そしてかれらとの付き合い方を、わたしは「木下ヨージ園芸百科」さんから教わった。

「木下ヨージ園芸百科」が閉鎖されてしばらくしてから、わたしは木下ヨージさんを検索してみた。木下ヨージさんの名前は毎日見ていたのに、どんな人か何も知らなかった。彼が、日夜たゆまず、植物の写真、ラテン名、流通名、科名、属名、そして葉水について、灌水量や日照量について書き込みつづけたのに、自分自身については、どんな顔で、どこでそだち、何を好んで食べ、風呂はどんな湯加減が好きで、排便はどうで、血圧はどうでという情報も、何をうれしいと思い何を悲しいと思ったか、好きな相手に出会ったときはどんなふうに心が躍ったか、強いていうならその相手は植物にたとえれば何科の何属か、そんな感情についても、彼は一言も書き込んでいってくれなかった。

薄ぼんやりとした一葉の写真が見つかった。数年前か数十年前かのその写真の中で、緊張してこっちをみつめている木下ヨージさんは、年配の男だった。

そして今、その人の生死が知れなくなっている。人はいずれ死ぬから、その人が死んで固くなって、肉体が滅してどこにもいなくなったとしても驚くことはない。カリフォルニアの家の陰で何年もほったらかしにされて、またよみがえってきたあのポトスとあまり変わらないのかもしれない。水も日差しもないところで、しるしると茎や葉を伸ばしていくのだった。

荒野にモノレール

九月一日には小学生の自殺が多くなるそうだが、わたしの場合はそれが十月一日。秋学期の授業が始まる日だ。あと数日でその日になる。

夏の間は犬と河原を歩いた。植物に水をやった。霧吹きで葉水をやった。夏休みの間に、室内観葉植物の鉢植えを、だいぶ増やしたのだった。たまっていた仕事は、やってもやっても終わらなかった。本は買うばかりで読めなかった。そして今、わたしは、秋学期に何をどう教えたらいいのかわからない。

春学期にはセクハラ事件があって、某教授が解任された。某教授が解任されたのに、解任されずに残っている自分が不思議だった。

あの行為は絶対許せないが、いい教師だった、尊敬していた、教授に教わりたくてここに来たのに、その教授がいなくなってしまった、そう訴えながらわたしのところに来た子がいた。裏切られた気分だ、ゼミ生が卒業するまで人に後ろ指さされながら無給で奴隷《どれい》働きしてもらいたい、そんなことを言う子もいた。私たちは教授に教わったことを否定しないでいいんですか、と言う子が何人もいた。いいのよ、否定することないわよ、と言ってやると、かれらの表情がほっと緩むのだった。僕たちは教授のメールアドレスを持っている、大学とは関係のないアドレスだ、いつか教授からメールが来るのを待っている、きっとくれると思っている、そんな健気《けなげ》なことを言う子もいた。

そしてそれ以来、いろんなことが窮屈になってるように感じている。休講もおちおちできない。シラバスにも従わなくちゃいけない。わたしのは大学が始まるずっと前、大学で教えるということがどんなものか想像もつかない頃にでっち上げたシラバスだったから、現実からとんでもなくかけ離れていたのだった。

大学は学生に授業の評価を書かせる。アメリカの大学から入ってきたシステムらしいが、アメリカの大学でも古くから行われていたわけではない。大学で教えていた夫が、ああ書かれたこう書かれたとよく話していた。「プロフェッサーC（夫の名前）は教え方は悪くはないが、そのスカしたフェイクの英国アクセントには虫酸《むしず》が走る」というコメントがいちばんおもしろかったと言っていた。おれがあんまりうまくカリフォルニアアクセントでしゃべるから、実はおれが英国人だというのを見抜けないバカどもと言いながら、つまらないシステムだ、昔はこんなシステムはなかった、おれたちはもっと自由だったと必ずつけ加えた。

それが早稲田にもあって、わたしは春学期にひどいことを書かれた。本当にひどいことを書かれた。時間の無駄だみたいな。勝手にやってろみたいな。ある種の学生には、わたしの存在はむだでしかないのだろう。それは解《わか》る。今どきはネットで、そういう直截《ちょくせつ》な、相手を傷つけるためだけの物言いが出回っているから、学生もそういう表現が本当に巧《うま》い。それも解る。

だからほんとに行きたくない。東京に行きたくない。

夏休みの間に集めた室内観葉植物の鉢。きのう数えたら大小取り混ぜて四十あった。大学が再開したら、犬には良い預け先があるから問題ないが、植物はわたししかいない。中には貝殻虫を抱えたものもある。やたらに水をほしがるものもある。日に何度も日当たりを考えて置き場所を動かしてやり、葉水を吹いてやる。それを置いて東京に出たらどうなるのか。

九月になってからの温度の下がりようは驚くほどだった。これが四季か。あの暑さがいつか無くなるとは想像できなかったので唖然《あぜん》とした。二十数年間、季節の変わらないところにいたのだった。

そのうちにわたしは心配になってきた。観葉植物は寒さに弱い。十五度以上なければ枯れてしまうものもある。まだ三十度を下らない日の方が多いのに、わたしは憂《うれ》えて、苦しまぎれに、ストーブを注文してみたりもした。大きな箱が届けられ、開けて大きなオイルストーブが出てきたときにはぎょっとした。自分で注文したのに、これじゃシラバスと同じである。その日もまだ三十度あった。でも盛夏よりよほどましになっていた。


河原を歩けば、夏の名残りの蔓草、秋の蔓草、芒《のぎ》の出る草が入り乱れている。土地の古老が、やかましい刈り払い機を腰につけ、草を刈り払って歩いていく。数百メートル離れても、地響きのするようなうなりが聞こえてくる。

刈り払いの古老は見慣れているが、先日は男が一人、手にナタを持って歩いているのを見た。古老にはまだ遠い、若々しい男で、土手の道をジョギングのいでたちで歩きながら、ナタを振り下ろし、また振り下ろした。一瞬、何をしているのかわからなかった。振り下ろす動作には憎しみがあった。そこでやっとそれは草だ、雑草を刈り払っているのだとわかった。彼の憎しみの向かうところは草だったが、それが草むらの野良猫や行き違う人であっても、おかしくはないような気がした。誰であろうと、容赦なく切り倒す。息の根をとめる。踏み潰《つぶ》して土手の下へ蹴《け》り落とす。いや想像しただけ。男はただ草を刈っていた。地域のために善行を為《な》していた。刈られた草はそこにただ刈られたまま、やがて乾き、腐って消えてなくなった。

大学に行きたくない。ほんとに行きたくない。

心理学者の友人にそうこぼしたら返信がきた。

「特性じゃないかと思う」

つまりわたしの能力の（足りない）せいではないかということだ。

「どこがどうたいへんなのか精査してみてもいいかも」

それもそうだと思って考えてみた。どこがどうできないのか。そしたらそこに別件で教務課から電話があった。わたしはついでにその悩みを漏らしこぼしてみた。

これまで数十年間、いつも出たとこ勝負で行き当たりばったりに準備なしの講演をしてきたから、シラバスに沿って授業をすすめることができないこと。学生にひどいコメントを書かれてとても悲しいこと。数百人分のレポートを読んで成績をつけるのが苦痛なこと。レポートをもらいっぱなしで返事ができないのも心苦しくてたまらないこと。大学からおびただしいメールが来るが、大学社会のジャルゴンだらけで何を言ってるのかさっぱりわからない、必要なものを見落としているんじゃないかと思い、闇夜《やみよ》を目隠しで歩いているような心細さにさいなまれていること。

ちょっと待ってくださいと言われ、待ってると別の人が電話に出た。わたしは同じことをくり返した。この人は辛抱強くわたしの訴えを聞き取り、うんうんと咀嚼《そしゃく》し、それからおだやかな口調でじゅんじゅんと説いてくれた。

シラバスには沿わなくてはいけないこと。学生の主張は聞かなくてはいけないこと。成績つけは一人でやらねばならないこと。レポートに返信は不要なこと。おびただしいメールはたいていは無視していいのだが、ときには必要なものもあるので、やはり読まねばならないこと。

わたしは絶望したのだった。


わたしはアメリカに帰りたい。そして荒野を歩きたい。

あらの、と読みたい。

夏休み中に帰るかとも思ったが、たまった仕事を片づけるのが先決だった。そして仕事は片づかなかった。それなら十一月の感謝祭にずる休みして帰って家族の団欒《だんらん》に加わろうと考えたが、同僚に忠告された。こういうときだから大学当局がうるさい。

補講もしなくちゃいけない。補講は学生も喜ばない。それであきらめた。

残してきた娘もいる。犬もいる。それより近所に住む友人夫婦が気にかかる。妻も夫ももう少しで九十だ。二十数年間家族同様につきあってきた。夫が死ぬのも見届けてくれた。その二人が、今まさに老い果てているんじゃないかと思うと、気が気でない。

この老夫婦とも、また夫とも、わたしとも、親しくしていたもう一人の友人は、わたしがカリフォルニアを離れてすぐ「あなたの家の前を通るたびに、ああ彼女はもういないのだと思う」といやに感傷的なメールを寄越した。返信したらすぐに次のメールが来た。それに返信しないうちに訃報《ふほう》が入った。心臓が悪いのは知っていたが、死ぬとは思わなかった。これも看取れなかったのが、不条理なほど正しくないことのように思える。彼の家はすぐ近所にあった。その家の壁や植物でおおわれた塀がどうなったかも気にかかる。

それから置き去りにしてきた日系人仲間が気にかかる。夫婦が一組。これはごく近所に住んでいる。独身の若い女が一人。これはＬＡにいる。

なにかあったら行き来して、ビールを飲んで日本食を食べた。ずっといっしょに苦労をしていく仲間と思っていたのに、いち抜けたをした。そんな後ろめたさがある。

それから荒野が気にかかる。水の恒常的に足りない、緑というよりは灰色の植物たちの生える、土の中にまじった岩と土が砕かれた砂と、そういう荒野だ。西は海で日が沈む。東は山で月が出る。春になるとユッカが伸びて花をつける。夏になるとガラガラ蛇が出る。そういう荒野だ。ヤマヨモギがいちめんに生えていた。揉《も》むと日本のヨモギより強い芳香がした。コヨーテの棲む荒野だ。何度かハウルするのを聞いたことがある。もっと聞きたくて、犬を連れてほっつき歩いた。何度か遭遇したこともある。犬よりもずいぶんやせた、中型犬くらいの、骨格の華奢《きゃしゃ》な動物だった。犬のように親しげな、しかし疑わしげな表情でわたしを見て、さっと繁みの中に消えた。

荒野のことを考えているうちに思い出したことがある。

モノレールだ。夏休みの間、乗っていなかった。

羽田に着いたらモノレールに乗る。何十年間もやってきたことだ。左には馬が見えるし、右には海があって水鳥が見える。海が運河になるのが見える。橋がいくつもかかっているのも見える。渡るべき橋がいくつも。沖には大きな鳥みたいなクレーンが立っているのが見える。それを見ながら都心に入る。

三十数年前に、わたしが東京から熊本に移住したときは、モノレールしかなかった。小さい子どもを抱え、それから一人抱えて一人の手をつないで、モノレールに乗って、馬と鳥、どっちと聞くと、子どもはたいてい「おうま」と言ったから、左のドアに寄りかかって馬を見た。

最近は京急で、蒲田《かまた》や品川経由で羽田から都心に出られる。最近はって、いつの話をしているのだと笑われそうな言い方だが、子どもが手を離れた後も、年取った親のために行き来するようになったときも、親が死に絶えた後も、他の手段ができたのは聞き知っていたけれども、わたしは頑《かたく》なに、浜松町行きのモノレールに乗って、馬と鳥を見ながら都心に出たのだった。

この春から、わたしは京急を使って都心に出るようになったのだった。京急が浅草線と乗り入れをする。日本橋で東西線に乗り換えれば、まっすぐに早稲田に行く。蒲田、品川のあたりは地上を走る。人々の暮らしがこびりついた街並みがある。そのあたりは東京の南端で、東京の北端に育ったわたしが、よく知っている街並みと似ているのだった。赤羽や巣鴨《すがも》、駒込《こまごめ》、池袋。その辺りの裏町の裏通りの。ごみごみとした、がやがやとした。わたしはそういうものは思い出したくもなかったし、注視したくもなかった。でも早稲田に行くには便利だったから、春学期の間、乗りつづけていたのだった。

ところが春学期が終わる数週間前のことだった。羽田に着いて、久しぶりにモノレールに乗った。それがたまたま先頭車両だった。そして、わたしはそこで見た光景に魂を呑《の》まれるような経験をしたのだった。

先頭車両の、正面の窓、運転士の肩越しに、モノレールの線路が延びていた。線路は、上になり下になって、つづいていた。モノレールの線路に平行して、高速道路が延びていた。道路は、上になり下になって、つづいていた。モノレールの線路が、上になり下になり、川を越えていった。橋を越えていった。道路を越えていった。行く手に東京の街が迫ってきた。モノレールの線路が、それを切り開くようにつづいていた。荒野に岩山がそそり立っていた。車でコーナーをまがると大きい岩がこっちを押しつぶさんばかりに迫ってきた。あのときと同じように、大きいビルがこっちを押しつぶさんばかりに迫ってきた。ビルの素通しの窓の中には、コヨーテたちが何千匹何万匹と隠れ潜んでいるのが見えた。暑さも寒さもない、風も吹かない、ヤマヨモギも匂《にお》わないところで、日本人の荒野の生活をくり返しているのが見えた。

春学期が終わる数週間前に、モノレールの先頭車両に乗ってそれを見てから、春学期が終わるまで、わたしはモノレールに乗りつづけた。

このわたし、年取っているとも言える年頃の女が、モノレールの先頭車両の運転席の真後ろに、幼稚園児みたいに陣取って、仕切りのガラスに張りついて、延びていく一本のレールの先を凝視した。

うかつなことに、こんな大切なことを、わたしは、夏の間じゅうあんまり暑くて、たまっていた仕事が多すぎてやってもやっても終わらなかったばかりに、すっかり忘れていたのだった。だから十月一日、モノレールの先頭に乗って荒野を見るためなら、シラバスも、大学のジャルゴンも、授業の評価も、しかたがないと観念した。そしてアレだった、犬のように親しげな、疑わしげな表情でわたしを見る学生たちが、教室で、犬のように、親しげに、そして疑わしげに、わたしを待っていることを思い出したのだった。

むねのたが

リアクションペーパー。約《つづ》めてリアペ。8・5×12・5の小さい紙だ。これを配ると、学生は自動的に日づけを書き入れ、授業名を書き入れ、名前と学籍番号を書き入れ、感想を書き入れる。それはもうおもしろいくらいに自動的に書き入れる。この習性を利用して、わたしは悩みをあつめている。

授業のタイトルは「文学とジェンダー」。文学を、ジェンダー学に沿って読み解いたら、こうも読める、ああも読める、みたいな授業を期待されているような気がするが、それがわたしにできるのなら、今までこんな苦労はしてこなかった。それで言ったのだった。

「あたしは生きざまがジェンダー学みたいなだけで、自分でジェンダー学を勉強してきた覚えはない。学者ではないし、そもそも早稲田は受けて落ちたくちだ。ただ女としての、また物書きとしての経験はむやみと豊富だ。若い頃のテーマは性で、今は死だ。こないだまでアメリカの荒野を歩きながら日本語で書いたものを日本に送る生活をしてきた。あたしの読者はあんたたちの母親世代かもっと上で（実際、母がファンですとか母からサインを頼まれたとか言ってくる学生もいた）若い読者のいたためしはない。でも人生相談なら二十数年やってきた。あんたたちに悩みがあったらリアペに書いてくれ、次の時間に心をこめて答えよう」

そう言い放って始めたら、あっという間に人生相談の場になった。もちろん学生の一部からは批判が来る。文学はどうしたという批判も来る。春学期の最後の学生アンケートでは、「勝手にやってろ」的な、酷《ひど》いことを書かれて落ち込んだが、学生に助言された。「最初の授業で、こういうことをやります、これがわたしのやり方ですって言っちゃえばいいんですよ」と。それで、生きることコレ文学だと豪語して続けている。秋学期の始まる最初の日には、そういう経緯をくわしく話して、このやり方がいやならどうぞ取らないでもらいたいと言った。だから秋学期は春学期より苦情が少ない。

要領はこうだ。

リアペをあつめる。二百七十人の大教室であるが、一人一人に手渡してもらう。それでだいぶ顔と名前が確認できる。学生の精神状態なども、まあ読み取れる。

あつめたリアペを片っ端から色つきのペンで要点をチェックしながらテーマごとに分類する。「彼氏・彼女が欲しい」「セックスしたい・したくない」「セクシュアリティ」「ＬＧＢＴ」「自信がない」「摂食障害」「親」「就活」……。こんな感じに分類される。次の時間にそれを読み上げる。おもしろいものから読み上げて、反応を見ながら深刻なものに入っていく。わたし自身の意見や経験ももちろん話す。正直に話す。ときどき挑発する。笑わせる。セックスの話も身体《からだ》の話もする。語彙《ごい》も使う。

授業の最初に、動画を見せることがある。

「自分らしくについての生理用品のＣＭ」

「同性結婚に賛成するニュージーランドの国会議員のスピーチ」

「アメリカの空軍学校でヘイト事件があったときの校長のスピーチ」

絵本を読むこともある。名著と言われて読みつがれている絵本をプロジェクターで映し出しながら、二百七十人の大学生に、読み聞かせをするのである。

たいていの名著で、男の子は、外にぼうけんに行く。ところが女の子は、おとなしく待ってるか、おかあさんのために必死でがんばるかである。それを指摘する。

すると「男は男、女は女でいいじゃないか」という意見が来る。「みんなが男のようになればいいのか」という意見や「やりすぎではないのか、女性専用車両のように」という意見も来る。「あら探しじゃないか」という意見も来る。それも読み上げる。すると「あら探しとは何事だ、文学の批評はあら探しから始まるのだ」という意見が来る。女性専用車両というものがなぜ作られたのか、なぜ必要なのかという主張も来る。それも読み上げる。

学生の名前は読まない。春学期はプライベートな話題に入らないかぎり名前を読み上げていたが、名前を読んでほしくないという批判がいくつも来たので、秋学期はやめた。みんなの前で自分の意見を、匿名性《とくめいせい》に隠れたりせずに発言してほしいというのがわたしの考えだったが、そこまで期待しないことにした。そうじゃない方が自由でいられるときもあるのだった。

ＬＧＢＴの問題がくればもちろん取り上げる。でも学生の大部分は、自分の性についても、自分自身についても、何もわかっていない。不安ばかりを抱えている。自信がない。今まで人に恋愛感情を抱いたことがない。自分がセックスをするなんて考えられない。彼氏が、あるいは彼女が、セックスをしたがらない。ペチャパイなのが恥ずかしくて人にハダカを見せたくない。

このときは「リアペのすみにペチャパイ、ＯＫかどうか、ＯＫならマルをつけて」

とみんなに頼んだら、三十人の男子が反応してきて、一人が×、一人が△、二十八人が○、そのなかの一人は◎だった。気にすることはないとていねいなコメントのつけられているのが多かった。

女子はセフレかセフレじゃないかに悩んでいた。セフレ、リスカ、エンコー、セフレはセックスフレンドの略だった。

ある日一人の女子からコメントが来た。

「発音が違います。先生は『ちふれ』みたいに『セフレ』と言いますが、ほんとうは『デフレ』みたいな『セフレ』です」

男子は童貞であることを悩んでいた。セフレのいる女子が多いのに怯《おび》えていた。「童貞の男の子たちに何か一言」と頼んだら、「別に童貞をバカにしてるわけではない」「童貞がんばれ」という声が十人近くの女子から寄せられた。それを次の週に読み上げたら「そういう言い方にまた傷つくんだ」という童貞からの意見があった。怒っているというより泣いているように思えた。童貞は過程だからと思わぬでもないが、今どきはそう断言もできず、この中の何人かはずっとこのままで生きていくのだろう。

ふだんのわたしの講演会には、若い人より年寄りが多い。死のことなどを語っているとき、ふと人々の頭の上にその人の余命が数字で浮かぶ（どっかの漫画の読み過ぎだ）。この人はあと十年、この人は二十年、この人は数年で動けなくなり、死を受け入れるだろうとよく考える。

学生たちは死からはまだ遠くて「じいちゃんの死」くらいしか考えてないのだが、それでも将来、この中の何人かはアルコールに依存し、ギャンブルに依存して苦しむだろう。離婚して苦しむ子もいるだろう。何人もがうつになって苦しみ、死にたいと考え、前途のある身で死んでいくものもいるかもしれない。

留学生や帰国子女は、はっきりした意見を書く子が多かった。異国で異言語で（わたしのように）苦労を重ねてきたのだと思う。

「自分はリアペにぱっとうまく意見を書けない。みんなの意見を聞いているとすごい意見ばかりで圧倒される。時間が足りない」という意見を書いてきた子もいた。それを読み上げたら、何人もが、自分もそうだと書いてきた。「うまく書けないと書いたあなたの文章がこうしてみんなに届いている」と読みながら、わたしは言った。

この頃は、8・5×12・5の紙に細字でびっしり書き込まれたのが多くなってきた。おお、考えている、考えている、考えている、それを読みながら、わたしは、かれらの経験や、感情や、個性や、挫折《ざせつ》や、そういうものをびんびんと感じ取る。

あるとき、おもしろい話題が出てきた。ある女子がこんなことを書いた。

「私はある先輩のことをいいなと思っていた。だからずっとアプローチしていたのに、先輩がとうとう告白してくれたとたん、すごくいやになってしまって、気持ち悪いとさえ思うようになってしまった。どうしてかわかりません」

読み上げたら「私もそうだ」「まったくそのとおりだ」と反応してくる子がたくさんいた。「私も同じ行動をくり返している。一生異性とつきあえないかもしれない」と悩んでいる子もいた。ほとんど女子だった。男子からは「僕もそういう目に遭った」「私も被害者です」という声がいくつも来た。そしてそれに対して「これは蛙化《かえるか》現象と呼ばれている」「蛙化現象といいます」という声も来た。

蛙化現象。グリム童話の「蛙の王さま」に依《よ》った命名だそうだ。

お姫さまが、蛙と同じ皿で食べ、同じベッドで眠るように言われるが、同じベッドに入るとき、とうとう蛙を壁に叩《たた》きつけ、蛙は王子に戻れたという話。現代の日本では、王子が女の子と同じ皿で食べ、同じ床で眠るようになったとたんに蛙と化し、女の子たちはただうろたえる。

「私なんかを好きにならないような、もっとすばらしい人がいるんじゃないか」「こんなつまらない男にかかわっている時間はない。もっといい人を追いかけてつかまえたい」「私なんか価値はないのだから、こんな女を好きになるなんて、この人は実は蛙じゃないか」

男子からの「いったい僕たちはどうしたらいいのか、女子に聞いてほしい」という願いを受けて、意見のある人は書いてと頼んだら、こんな考察が返ってきた。「ちょろいと思わせる男子」「完璧《かんぺき》じゃない男子」「優しすぎる男子」などという意見がある中に「男の側の問題ではないんじゃないか」「私たちの問題です」「どんなに完璧な男でも、誰でも蛙化の被害に遭う」という意見が多かったのは印象的だった。

蛙の王さま。

わたしはこの話を、岩波文庫の金田鬼一《かねだきいち》訳で読んだ。三十代の初め、声の、語りの、生きる死ぬるの、そういう文芸を探しもとめていた頃だ。最初は、噎《む》せてしまうほど、金田鬼一の訳が鼻についた。でもやがて噎せなくなった。呑み込めるようになった。そしてその時代がかった語りのリズムがたまらなく快くなった。

話の最後に、ハインリヒという男の挿話が一つついている。彼はそれまで一度も話の中に出てこなかったし、テーマにもぜんぜん関係しない。その一見むだなようにさえ思える話に惹《ひ》かれて、何度も何度も読み直したものだ。

ハインリヒは忠臣で、王子が蛙になったのを悲しんで、胸が破裂しないように鉄のたがを胸にはめるのである。

しあわせになった王子とお姫さまが馬車に乗っていると、ぱちーんと音がした。王子が後ろを振り向いて、立ち乗りをしているハインリヒに声をかけた。

「ハインリヒ、馬車がこわれる」

「あいや、とのさま、馬車ではござらん、これは、てまえのむねのたがが、とのさまが泉のなかにおすまいなされ、とのさまがおかえるどんでござったころ、きついいたみをしめつけおったむねのたが」

山のからだ

　一昨日東京で学生の悩みを聞いていたわたしが、今日は熊本にいて、立田山のことを考えている。立田山は、わたしの家から見て、東に在る。そこから日が出て、月が出る。蛇のとぐろを巻いたような形の三つの小峰をつらねてこんもりと在る。

　わたしは、いつも外を（犬をつれて）歩いているから、日の出を見るし、月の出も見る。つい先日の真夜中すぎに、立田山の上がいやに明るいのを見た。あんなところに商業施設があったかしら、祭りの明かりかしらと考えていると、もりもりと大きくなり、山に押し出されたように、大きい赤い下弦の月が出るのを見た。

　立田山には山の神が三体在る。

　三体の一体は、北端の車の通る道路際《ぎわ》に在る。道路の向こう側にも立田山の森はつづいているから、山を人体とすれば、眉間《みけん》のあたりに在る。南端から入るわたしには遠いから、ふだんそこまで歩くことはない。でもいつ頃だったろう、もう後の二体の山の神にずいぶん慣れた頃だ。標識をたよりに、探しながら、そこに行った。山の神をぜんぶ見切っておかねばならないと思って行ったのだった。

苔生《こけむ》した石に「山神〇王」と刻まれてあった。〇はしめすへんに月、祖か、明か。榊《さかき》が二つ置いてあった。祠《ほこら》の左右に古木があった。「オガタマノキ（招魂木）」と札に書いてあった。照葉樹の森の中で、山の神の左右に、サザンカでもクスノキでもなく、この名の木が生えていたというのは、たまたまとは思われない。

もう一体は、東端に在る。頂上からまっすぐ下ってくる、あるいは上っていく散策路の脇《わき》に、その鳥居が立っていて、人の目を引く。散策路を降りていくと、車の通る道路に出る。その道路が山と外をつなげ、外から車を山の中に引き入れる。山を人体とすれば、膣《ちつ》にあたる場所である。

もう一体は、山頂から坂をしばらく下ったところに在る。あるいは山頂へ上る坂の途中に在るとも言える。山を人体とすれば、臍《へそ》下くらいの場所である。臍下に在る器官といえば、子宮か、丹田だ。

わたしは、この三体めの山の神に気に入られている。行くたびに、おおよく来たというような気をあたりいちめんにまき散らして迎えてくれるのである。それでわたしも立田山に行くたびにそこに立ち寄る。しかし山の臍下だから、かなり奥まったところにあって、最初の数回は、そこに行くたび、そこから戻るたびに迷って、数時間歩きつづけた。

これから、迷っていたときの話をする。

そのときは、うねうねとくねる道をゆるやかに上って、そこを通りかかったのだった。「山ノ神」というそっけない道標を見て、ふと寄っていこうと考えた。小さな鳥居があり、プラスティック製の敷石が並び、踏むとべこべこ音がした。何十回か踏まれたせいで割れてしまったもろいフェイクの敷石だった。そうやって近づいて、石の祠の前に立ったとたん、わたしは全身をわしづかみにされたような気がした。これまで感じたことのない感覚で、信じたこともない何かだった。目の前に在ったのはただの石で、苔生していて、「山神」と刻まれて在った。

道は多いのに道標が少なかった。ほとんどの道は散策者のためではなく、森林を保全し研究する人のための道だった。道標を頼りに歩いているうちに、わたしは方角がわからなくなった。なにしろ空が見えないのだった。四方八方から、照葉樹の多い森が覆《おお》いかぶさってくるようだった。

迷うたびに、元のところまでひき返してやり直した。山頂に行けば道標があるのはわかっている。しかし目の前に険しい上りの道を見たりすると、どうしても山頂まで戻る気になれず、傾斜の緩い道を選んで、とんでもないところに出て戻るをくり返した。

そのうちにまた山の神の前の道に戻った。わたしは滑って転んで、したたかに尻《しり》を打った。山の神の入り口に、大きな平たい岩が、岩だと一瞬気づかないほど、大きくて平たくて濡《ぬ》れて苔生していたのである。それで、わたしはまたべこべこの敷石を踏んで、鳥居をくぐり、山の神の前に立った。そしてまたわしづかみにされて揺さぶられた。ああ。おお。そんな声を出して答えた。帰るときには、鳥居からぶらさがった標縄《しめなわ》に、頭上やら額やらを撫《な》でられた。ああ。おお。そんな声を出して答えた。

そしてそこからまた迷った。

ここは通ったと何度も思いながら、ひたすら歩いた。上っても下りても、山の神の在るところに戻ってきた。

そうやって歩きまわるうち、とうとう出口が見えてきたのだが、それにしては様子が違った。山を人体とすれば、肛門《こうもん》のあたりにも小さな出口がある。やっとのことでたどり着いた出口はまさにそこだった。わたしの入ってきたのは、人体とすれば両足の股《また》の間で、肛門から出ると、車やバスの通る道を何十分も歩いて、股の間の駐車場に戻るしかない。それで、また下りてきた道を引き返した。

大きな明るい道に出た。そこはコナラの森だった。

茶色い葉っぱが一面に散り敷かれて在る。そこをざくざくと音を立てて歩くのだが、葉っぱの下には濡れて苔の生えた地面があり、うっかり地面を踏むと激しく滑る。

コナラからカツラの森になる。ヒノキの森になる。ハナガガシの森になる。

木の名が札に書かれて貼《は》りつけて在る。それがないと、なにもわからない。一面に葉っぱが落ちている。茶色い葉っぱであることしかわからない。植物の名前を知ることが、これまでのわたしの植物への接近のしかただった。しかしこんなところへ来てしまったら、あまりに葉の数や枝の数がおびただしくて、一つ一つの名前がわからない。一株一株の区別すらつかない。

その上ここには動物がいない。動物がいれば、犬はそれを感じ取って追いかける。カリフォルニアの荒野ではいつもそうだった。わたしですら動物の気配を感じ取った。ときどき乾いた死骸《しがい》や死骸の跡があった。そこで必ず犬が立ち止まり、においをすりこむように、肩や背中をこすりつけるのだった。そういうものもここにはない。荒野では、太陽が陰ると風が吹いた。太陽が沈むと世界が無音になった。そういうものもここにはない。

大きな明るい道に出る。そこもコナラの森だった。そこは明るい。その道をまっすぐ行けば、やがて頂上に出るはずだ。そこはさらに明るい。

人がいた。手にカゴを持つ人だった。どんぐりでも集めているのかと思ったが、研究者のようで、木の前で立ち止まり、木の皮をはがしたり、幹にくくりつけたペットボトルから何か集めたりしていた。

そこから大きな明るい道に出る。そこもコナラの森だった。茶色い葉っぱが一面に散り敷かれて在る。

最初は犬に話しかけながら、犬もわたしを遊びに誘いながら、歩いていったのだが、迷い込んで歩いているうちに、犬もわたしも疲れて無言になった。

犬が本能と嗅覚《きゅうかく》に従って、正しい道まで案内するという話を聞いたことがあるが、うちの犬はおそろしく気が小さい上に、わたしに従うことしか知らないので、こういうとき何の役にも立たない。ジャーマン・シェパードといっても、黒と茶の普通のシェパード色ではなく、灰色がかった狼色《おおかみいろ》なのだった。一瞬これは何だろうと人を不安にさせる色をしている。体形も、ジャーマン・シェパードによくある腰の下がった重たげな体形ではなくて、なんだかそこらのコヨーテのように腰高な体形をしている。

それで、念には念を入れて気をつける。人に出会いそうな道ではもちろんつなを放さない。すれ違うときにはスワレをさせる。でも人が行きすぎ、前後に人影がなくなるや、わたしはつなを解き放つ。あたりいちめんに充《み》ちている何かのにおいを嗅《か》ぎながら前屈《まえかが》みになってついてくる犬は、まったく、若い雄の狼にしか見えないのだった。

犬は七か月のときに去勢をした。ジャーマン・シェパード保護センターからこの犬を引き取ったとき、今週中に去勢をするようにと言われた。すべての犬を、去勢して引き取り手に渡すというのが、保護センターやシェルターに課せられた決まりらしい。それで数日いっしょに暮らした後、獣医に連れていって数時間預けた。迎えに行った帰りの車の中で、犬は、ひいひい言いながらうんこをもらした。よほど不安だったんだと思う。わたしにもまだ心をひらいていなかった頃だ。首のまわりにつけられた保護カラーは、家に帰るまでに嚙《か》みちぎってしまった。

そうやって去勢したはずなのだが、犬は勃起《ぼっき》するのだった。わたしがこれまでに見た勃起したペニスは、すべて人の物で、性衝動に突き動かされて勃起したペニスだった。犬はただ座っているだけで、性衝動なんか何にもないのに、包皮から赤い身をにゅうと突き出すのだった。わたしが山の神に気に入られた理由は、つれている犬の、このペニスのせいもあるような気がする。

コナラの森は何度も通った。この辻《つじ》にも前に来た。そこに「山の神」の道標が立っていた。山の神ならさっきは道を上ってたどり着いたのに、今は道を下ったところにあるのだった。

辻に地図板が掲げてあった。それは保安林を守る人のための地図で、全体を「10林班　ろ小班」というような区画に分けてあった。もうこの山に入るのも数回目のときだった。それでも毎回、股の間の駐車場に帰るには、かなりの距離をむだにぐるぐると歩き回らなければならなかったから、今回は駐車場に備えつけてある地図を取って、それを見ながら歩いていたのだった。ところが、地図板の地図と手元の地図では地名や施設名が一致しない。似ていることもあるが違うこともある。それで、道の曲り具合や伸び具合を比べながら、来た道、行く道を考えていたら、チワワを連れた古老がやって来た。

人間に出遭うのもめずらしいのに、チワワまで。

すみませんと話しかけると、古老はわたしの近くに寄ってこようとしたが、わたしの犬がいるから、近寄るに近寄れない。わたしが犬をスワレさせると、古老は近寄ってきたが、そのとき、わたしの犬が、スワレのまま一声吠《ほ》えたので、古老は咄嗟《とっさ》にチワワをひっ抱えて飛び退《すさ》った。そしてチワワを小脇に抱えたまま、わたしに近寄って話し始めた。

「こん道ばまっすぐ行けば良か、山ん神の脇ば通ってこの道ば下さ降りていくと大きか道に出る、大きいといってもまあこんくらい（と彼は今立っている道を指さした）、そん道ば道なりに行けば、やがて入り口さ出る」

わたしは教えられたとおりにその道を下りた。ところが、山の神の在るところに近づくにつれて、犬が歩かなくなっていった。後ろから何かが来るというような、聞き慣れぬ音がするとでもいうような、そんな様子で何度も後ろを振り向いて、立ち止まって動かなくなっていった。焦《じ》れて呼んだら、ぺたんと座って、ペニスをにゅうと出した。

座って耳を立て、赤いペニスを出して、首をかしげてこっちをみつめる犬は、ほんとうに美しかった。

もしかしたら犬は、わたしが感じている不安を感じ取って不安になっているのかもしれない。もしかしたら犬は、山の神の在るのを感じ取って、怖《おそ》れているのかもしれない。そのための赤いペニスかもしれない。そう考えたら、わたしの身体が、中からざわざわ揺さぶられ、臓器や血液や、感情や記憶や、いろんなわたしだったものが一斉に立ち上がったような気がした。

さあ行くよとわたしは犬に声をかけて、みたび、山の神のところに向かっていった。犬はついてきた。まるで自分の意志じゃないものが脳天に在るように。それでペニスが勃《た》つように。それで信じる人に背を向けられると、どうしてもそれを追ってしまうように。

そしてわたしは、森の中の木や枝や葉や蔓《つる》、そのほかの森的なものによって受け止められたと感じたのだった。これはこの、子宮にあたる山の神でしか感じない。膣にあたる山の神では感じない。そこでは、他人の体温で温《ぬく》もった席に座るような感じしか感じない。眉間にあたる山の神ではすかしっ屁《ぺ》のような存在感しか感じない。

犬とわたしは、べこべこと鳴る敷石を踏み、鳥居をくぐって、子宮にあたる山の神の石祠の前に立った。

祠の前には酒が置いてある。小銭も置いてある。一円玉や五円玉、十円玉。小さなガラスのかけらがある。ガラスのかけらと思ったら、鏡の割れたやつだった。木が映った。葉が映った。のぞき込むわたしが映った。

周囲には苔生した石が並んでいた。一つの石の下に蛇がいるのを見つけた。蝮《まむし》のようだった。静かにとぐろを巻いて眠っていた。倒木が石と蛇を屏風《びょうぶ》のように蔽《おお》っていた。蛇はぴくりとも動かずに眠りつづけた。

山の神からの道を、古老に教えられたとおりに、わたしはまっすぐ下りた。足元もあやういような急な坂になったが、さらに下りた。坂は、照葉樹に囲まれ、藪《やぶ》に囲まれ、道は落葉で蔽われていたが、落葉の下には腐った太い枝がごろごろして、それに蹴つまずいて、わたしは何度も転びそうになったが、さらに下りた。黒々と照葉樹の森があらわれた。赤いものがちらちらした。坂を下り切ると山道に出た。さっきはこの道に至る前に違う道に入ったようだ。山道は黒々とした森を抜けた。そのあたりはもうツバキの花が満開だった。

ちらちらと見えた赤はツバキの花で、何十本とあるツバキの森、その森いっぱいに、ツバキの花が咲いていたのだった。ツバキの森の花の中を山道は抜けて、左はシダの原になった。つきあたったところがぱっと開けて明るいのは、そこにあるサクラの木に、今、葉も花も、なんにもついていないからだ。竹林を横切れば駐車場。山を人体とすれば、両足の股の間に在る、あの駐車場である。

パピヨンと友

「パピヨン」という映画がある。

七四年日本公開で、七七年リバイバル公開。テレビでも七七年にやっている。わたしはそのどれかを見た。「おれは好きだなあ、こういう脱獄する映画。大脱走とかさ、ペペ・ル・モコとかさ」と言いながら父が見ていたのを覚えているから、テレビだったと思う。そして凄《すさ》まじく感動したのだった。

主人公の名前がパピヨン。スティーブ・マックイーンが演じるフランスの服役囚で、ダスティン・ホフマンが演じるのがドガ、仲間の服役囚だ。

映画の冒頭で、仏領ギアナに流刑《るけい》になった囚人たちを前にして、フランス政府の役人が「国はおまえたちを見捨てた。祖国は忘れろ」と言う。好きだと言ってるわりには、わたしはこのシーンとラストシーンしか覚えていない。中盤は、人が人を支配することに汲々として、支配された人はゴミみたいに死んでいって、つらくて見ていられないのである。

　脚本はダルトン・トランボ、国は見捨てたと言い放った役人はダルトン・トランボ

その人が演じているのだと安西さんから教えてもらった。

　そうか、ダルトン・トランボか。あのダルトン・トランボ。赤狩りで追放された、

あの偽名で「ローマの休日」を書いたというダルトン・トランボ。

「その思いがぎっしりつまっているような言葉ですよね」と安西さんは言い、わたし

もそう思ったのだった。

　ラストシーンはこうだ。パピヨンとドガは、艱難辛苦《かんなんしんく》の末に孤島で再会する。この

孤島もまた牢獄《ろうごく》だ。ドガはそこの暮らしに順応している。精神的には病みかけている

ようだが、順応している。パピヨンは脱獄の企てをやめない。

「ほんとにできるのか」とドガが言う。

「ああ」とパピヨンが言う。

「なんだかあれだ、やけくそだな」

「ああ」

「うまくいくと思ってるのか」

「いかなくたっていいじゃねえか」とパピヨンが言う。

ドガは行かない。パピヨンは崖《がけ》から飛び降りて海に泳ぎ出していく。崖の上からドガが見下ろしている。感傷的な音楽が流れる。ドガは立ち去る。海の上ではパピヨンが筏《いかだ》の上に仰向《あおむ》けになって、空に向かって（死肉を食う鳥が上空を旋回しているのだろう）叫ぶ。

「**Hey, you bastards!**（ちくしょう）」

「**I'm still here!**（あたしはまだ生きてるんだ）」


夫が死んでからというもの、英語を使わなくてもよくなった。二十数年の重しがとれたようだった。カリフォルニアに住んでいても、わたしは、日本語でネットを見て、日本語でメールをする。うちの二階には娘夫婦が住んでいるから、日本語で会話する。娘の夫は日本語がわからないが、娘とわたしが日本語で話していても気にしない。そして家から外に出ていけば、安西さんがいるのだった。

安西さんは日本人で、妻のヨーコさんも日本人だ。

夫がいなくなった頃、といってもまだ生きてはいて、リハビリセンターと呼ばれる介護施設で死にかけていたのだが、死にかけていたと今から思えば解《わか》っていたはずだが、当事者のわたしは、何も考えずに、ただ粛々と、目の前の彼の不満を取り除くのに汲々としていた。夜、リハビリセンターから帰ってくると、わたしはすっかり一人だった。

ある夜、わたしは安西さん夫婦をディナーに誘った。わたしは鰻《うなぎ》が食べたかった。日系のスーパーで中国産のパックの鰻が買える。甘ったるいタレがついているから、それを洗い流し、オーブンで少し焼いて、それから自作のタレでくつくつ煮れば、宮川もかくやと思うほどのとろっとろの鰻が作れるのである。

安西さん夫婦はいつもディナーに来るみたいにやってきた。でも家に入ってきて、夫がいないので驚いた。夫以外のだれもいないので驚いた。

鰻丼《うなどん》は予告してあった。みんな鰻丼が好きだった。カリフォルニアの生活はなんでもあるけれども、いい鰻屋といい蕎麦屋《そばや》だけはないのだった。

三人で鰻丼をかっこんだ。そして日本語をしゃべった。だれもいなかった。阻《はば》むものはだれもいなかった。

安西さんはカリフォルニア風のホップの効きすぎたビールを持ってきてくれた。IPAという。そういう種類のビールなのだが。

とろとろの鰻に苦いIPAは合わなかったけど、日本語にはよく合った。日本語になら、なんでもよく合った。何をしゃべっても的確だったし、どんな細かい表現だって表現できたし、人がしゃべっていたってそれをさえぎって自分の意見をからませていくこともできた。人の言ったことに不明な点を聴き取ることも、それについて質問をすることもできた。聴いてなくても聴き取ることさえできた。

やがて夫が死んだ。わたしはまったく一人になった。

それじゃ今晩、と昼間のうちに約束をすると、暗くなった頃、安西さんたちがわたしを迎えにきてくれる。暗くなる前は、わたしは犬の散歩で忙しいのだった。日没の前後、わたしは犬を連れて海岸やキャニヨンの荒野を歩いた。ときにはヨーコさんもそれに加わった。そしていっしょに月の出を見た。

満月は日没の少し後に出る。だから日没の後、キャニヨンに残って、暗くなる中で待つのである。月が出たら、暗闇《くらやみ》の中をスマホで足元を照らしながら帰る。そのときのわたしたちの心の中には「山の端《は》の月」とか「望月《もちづき》」とか「月はくまなきを」とか、そういう日本語、日本語のひきずってくる光景がクッキリと浮かんでいたのである。

キャニヨンは月の出を見るのに最高のスポットだから、他にも月を待つ人がいる。かれらは、何語で、何を考えながら、月を待つのか知らないが、わたしたちはそうだった。いや、わたしはそうだった。

日も沈み、月も出たら、わたしたちは犬を家に戻し、安西さんの古いフォードに迎えとられて、近所のビール屋へ行った。そこはまったくやかましくて、お互いの声が聞こえたもんじゃないのだが、日本語なら聞き取れた。人の声が高くなるとこっちも声をはりあげた。あそこに日本人がいるぞなんて気取られたら危険だとわたしはいつも考えるのだった。同じ理由で戦中戦後の日系人は口を閉ざし身を隠し、鼻を整形した人すらいるそうだが、わたしはそのビール屋ではほんとうにリラックスして日本語をしゃべった。映画や文学の話をした。自分たちの話をした。

安西さんたちは、夫婦ともにわたしより十歳くらい年下で、数年前にこの近くに移ってきた。夫も隣人も友人も、この辺りの人たちはみんなU大学の関係者ばかりだった。安西さんもそのひとりで、専門は古い日本の映画だった。

わたしがこの辺りに来たとき、すでに大学の若い人々は大学より南の市街地に住む傾向があった。大学より北の海沿いののんびりした町には年取って落ち着いた人々が多かった。コミュニティはインターナショナルで、人文系で、詩人、アーティスト、ミュージシャンもいた。年取って落ち着いた人ばかりだったから、それから二十数年経《た》った今では、みんな退職し、病気になり、町を去り、大半は死んでしまった。

わたしは安西さん夫婦と知り合ってから、ディナーのたびに二人を呼んだ。でも夫はいるし、他の人もいた。英語がメジャーな言語だった。だからみんな英語で話した。それがルールだった。客のいない、家族での夕食も、英語で話した。それがルールだった。

わたしがここにいる時間が長くなるにつれて、ここに長く住む日本人と知り合うようになり、かれらをディナーに誘うこともたびたびあった。

わたしは、日本人がディナーパーティーに来ると、そこで日本人だけで日本語をつかってしゃべるのが気になって仕方がなかった。日本語の話者をみつけて、すっかりリラックスして、温泉にでも浸《つ》かるように、日本人同士で日本語をしゃべっていたりすると、居心地悪くてたまらなかった。日本の温泉はすっ裸で入るでしょう。あれをディナーテーブルの前で見せつけられているような気がした。いやわたしだって、温泉は大好きで、なにをおいてもすっ裸で浸かりたいと思っているが、それはそれ、これはこれ。

わたしはわたしの家で、日本人に日本語で話しかけられるのがいやだった。長年たんねんにつみあげたものを崩されるような気がした。日本人が主婦をやっている家に招かれるということは、しょうゆ味のチキンやサラダや海藻や繊細な魚のあれこれとともに、ごちそうのひとつとして日本語が出てくるはずなのに、わたしはそれだけは饗《きょう》さなかった。英語を使おうというのは、かれらのアイデンティティを否定するようなことだったが、それでも強行した。ドアを開けて入ってくる日本人に「きょうは英語でおねがいしますね」と言い渡した。そしてわたしは日本語で話しかけられると、日本語で答えるふりをして、英語を使ってそれに答えたのだった。それで、とっても不自由だった。

わたしがそんなふうに自分を規制し、日本人たちの、日本語を規制している間にも、ローカルの、日本語を解さない隣人たちはただただ英語でしゃべり、笑い、雑談し、議論し、また笑う。もちろん日本語の話者たちもそれに対応できないわけじゃなく、家族や職場で英語を使い慣れた人たちばっかりだったが、やっぱり、とっても不自由そうだった。

最初の数年間、わたしは会話についていけなかった。だれもわたしの意見を聞こうとしなかったし、意見を言ったところで、その後のやりとりについていけなかった。耳を澄まして聴き取ってさあトピックに追いついたと思ったら、もうトピックは次にいってしまったから、まるで砂漠の草のようだと何度も思った。あそこに草が密生している、そう思ってそこに行くと、草地はまた遠ざかる。次の数年間が過ぎると、周りの話が聞こえてくるようになった。話したい意志のある人が他人を押さえつけてくだくだしく自分の意見をのべているのだということに気がついたのは十年以上経ってからだ。話したい意志のある人が即《すなわ》ちおもしろい意見を言う人とも限らないと知ったのもその頃だった。それを夫に言ったら、そんなことはとっくに解っている、解っていないのはDやE（かれらには話したい意志があるが、その意見は何もおもしろくない）だけだと、夫は言い捨てた。

しかし夫が死んだ。

ある日安西さん夫婦がやってきて、ビール屋に行こうとわたしを誘った。

「このへんはもうぼこぼことカリフォルニア風の苦すぎるビールを作るビール屋が新規開店していて、ぼくたちのリサーチも追いつかないくらいです、すぐ近所にもいい試飲所がいくつもあるから、ひとつひとつ廻りましょうよ」

それからひんぱんに、安西さんの古いフォード車で、近所のビール屋の試飲所に行くようになった。試飲所は醸造所が経営していて、食べ物はなくただビールだけ飲ませるのだった。やかましい店内で苦すぎるＩＰＡを飲んで、日本語をしゃべった。

昔、わたしは苦いＩＰＡが嫌いだった。ビールは水と酵母と大麦とホップという大昔にドイツ人の作った定義を曲解し、ベルギーのビールも英国風のエールもチェコのピルズナーも敬して遠ざけ、ただホップホップホップ、ホップの苦みだけをストイックにつきつめていくようなビールなのである。でももう元に戻れない。今はそれしか飲みたくない。

日本に帰って寂しかったことのひとつが、こういうビールを飲めないことだった。それで探しまわって、よなよなエールというブランドをみつけた。年間契約というのに申し込んでみたら、アメリカ的に親しげなメッセージとともに定期的にビールが送られてくる。とてもおいしい。きっちり苦くて、繊細で。でももてあましている。もてあまして、近所の人に配ったりしている。こんなにおいしいのになぜだろう、気候も違う、湿度も違う、草の匂《にお》いも違う、そのせいかなあと考えているうちに気がついた。安西さんたちがいないっていうことだった。

「ヨーコ・オノ！」


いつぞや河原で、燕《つばめ》のねぐら入りを見ていたときに、わたしはそばにいた古老にこう話しかけられた。

「あなたは、だれかに似ていると思ったら！」

もう何度も、つまり何日も、そこで出会い、出会うたびに立ちどまって挨拶《あいさつ》し合い、心易《こころやす》く話せるようになっていた。一度などは燕の生態について書かれた記事のコピーを用意してくれて、手渡してくれたりした。

だれですか。

石牟礼《いしむれ》道子《みちこ》さんのことかと思いながら（よく言われるのである）わたしは愛想よく訊《き》いたのだった。

「思い出せないな、何といったか」と古老はうめき、それから顔をあげて、

「あの、有名な、イギリスの四人組のバンド」と言った。

クイーンですか。

「いや違う、そんなんじゃない」

古老は頭を振り、念を押すような口調で、

「四人組の、とても有名な」と言った。

ビートルズですか。

「そう、それだ」と古老は電気がついたような表情になり、「その中の、ポール・マッカートニー」と言い、「その奥さん」と言った。

リンダですか。

「いや違う、そんなんじゃない」と古老はうめき、一言一言絞り出すように、「ジョン・レノン」といい、「その奥さん」と言った。

ヨーコ・オノ。

「そうそう」

古老は違う方向に頭を振り、

「オノ・ヨーコ、あなた、あの人に似ているんです」と言って、わたしをじっと見つめたのだった。

カリフォルニアでは、ほんとによく話しかけられた。スーパーのレジで、道端で、野原の真ん中で、あなたに似た人がいる、あなたみたいな人を知っている、あなたはあの人に似ていると言われるだろう。そして「ヨーコ・オノ！」と。

似ているとはまったく思わないのだが、言いたくなる気持ちもわからないではない。わたしは東洋人で、若くなく、カーリーな黒髪は蓬髪《ほうはつ》で、いつもサングラスをかけ、たぶん険しい表情をしており、普通の日本人の持っている穏やかさ、腰の低さがないのだろう。

カリフォルニアだけじゃなく、ロンドンのパブに死んだ夫と行ったとき（もちろんそのとき夫はまだ生きていたのだが）、酔った古老が話しかけてきて、「六〇年代にダブリンから出てきて、今もこの辺の劇場でギターを弾いている」と自己紹介し、彼より年上に見える夫が「おれも昔はこの辺のアートシーンにいて、このパブにもよく来たもんだ」と楽しそうに答え、昔はどうだったこうだったと話し込んでいたのだが、古老がふとわたしをみつめて、「あなたは似ているなあ、あなたはほんとに似ているなあ」と酔った口調でくり返し、推理小説の謎《なぞ》解《と》きをするような眼で笑う夫と、「ヨーコ・オノ！」とハモったのだった。

あんまりよく言われるから、いっそ自分のスタバネームにしようかと考えたこともある。

カリフォルニアのスターバックスでは、複雑なものを注文すると、名前を聞かれる。そのとき、ヒロミなんて言ったら、相手に通じさせるまでに五分かかる。列はつっかえるし、飲み物だって手に入らない。わたしだけじゃない。非英語風の名前を持つものは、みんな苦労している。でもやはり名前というのは不思議なもので、染《し》みついてしまったアイデンティティがあるから、なかなか詐称《さしょう》ができないのだった。

わたしには娘が三人いる。長女と末っ子は日本語の名前を持っているが、中の娘だけは、たいていの西洋の言語に共通する名前を持っている。それで、日本語名の二人が、スタバで、いつもその名前を使うのだった。

びっくりした。最初にその場に居合わせたとき。

Kと名づけた娘が、名を尋ねられて、しれっと妹の名前を名乗った。思わずぎょっとして娘を見返してしまった。それから次はTと名づけたはずの妹が、またもやしれっと姉の名を名乗った。

姉妹三人で一つの名前を、あるいは目玉を使い回す、どこかの神話にこういう存在がいたな、とその場に居合わせるたびにそう考えた。

わたしはスタバで、だいぶ前から、ある英語名を使っている。平々凡々とした名前だが、ふと使い始め、使い続けた。ヨーコの方がいい。それなら、どんな人にも発音され、覚えられ、自分の日本語のアイデンティティも失わずに済むと思えるのだが、名前の威力だ、こんな自分らしくない名前でも何十年と使っていると自分のアイデンティティが乗り移り、なかなかヨーコには切り替えられない。

ヨーコが周囲に多いのは世代なのだろう。ヒロミもよくある名前だが、ヨーコにはかなわない。ヨーコたちはいたるところにいる。そしていろんな漢字を自分にあてる。海だったり、葉だったり、かたちだったり、太陽だったり。住む場所もやっていることもいろいろだった。ドイツに住んで小説を書いていたり、東京に住んで食べ物のことを考えていたり。カリフォルニアに住んで、映画とビールのことを考えている安西ヨーコさんもその一人なのだった。

カリフォルニアには、まだ何人ものヨーコがいた。

安西ヨーコさんを含めて、カリフォルニアのヨーコたちは、おそらく誰も「ヨーコ・オノ」とは言われていないと思う。黒髪の蓬髪じゃないし、横柄《おうへい》で不遜《ふそん》な雰囲気も持ち合わせていなかったからだ。その一人が、ジャックの恋人のヨーコだった。

ジャックはフランス人で夫の同僚だった。わたしの家はBという通りの東端にあり、ジャックは西端に住んでいた。独身で明るくて話題が豊富でワインに詳しく食べ物を楽しむ人で、いろんな家のディナーパーティーでよく会った。有名な哲学者で、しょっちゅう国外の講演に行っていた。そして去年、フランスで倒れた。心臓が悪かったそうだ。数か月寝込んでカリフォルニアに戻り、いつも通りの様子で、うちのディナーにやってきた。「永住ビザで暮らす限界を覚えた、こういうことがまたあって、フランスで長い療養をすることになったら、こっちにある何もかもを失いかねない、アメリカの市民権を取るべきか考えている」とジャックはめずらしく真剣な顔でわたしたちに言った。

何年も前になる。ジャックにはひどく若い日本人の恋人がいて、ときどきカリフォルニアに来ていた。ジャックはうれしそうにわたしの家のディナーに連れて来た。ディナーの席で他の人たちが政治の話なんかをしているときに、そしてそれはクリントンからブッシュに、それからオバマに変わっていったものだが、ジャックはわたしに顔を寄せて、ひそひそとヨーコのことを話した。もちろんヨーコのいないときだ。そうなの、そうなのとうなずきながら、仕事最優先で生きてきた、いまさら日本人の若い女と家庭をもつ意志もなさそうな、でも恋愛感情と性欲だけは残っていそうな、初老はとっくに過ぎた男の話を聞いた。

かれらはいつの間にか別れた。「もう来るなといった、ヨーコにはヨーコの人生がある」とジャックがわたしにささやいた。

夫が死んでからも、ジャックとはディナーによび合う仲だった。共通の友人の家で顔を合わせることもあった。

ジャックの家にはすばらしいレモンの大木があり、実がよく生《な》った。それを使って、わたしは中東風のレモンの塩漬けを作った。ジャックにあげたら、「私は好きになれないが、あなたが好きなのなら、レモンはいくらでもあるから」と言い、たびたびレモンを、食べきれない量のレモンを、届けてくれた。ドアの前にレモンの紙袋を置いていくこともあったが、わたしが家にいるときには、誘うと家に入ってきて、台所で二人でワインを飲んだ。

ジャックとわたしは、いつも、わたしは国に帰るだろうか、ここで異邦人として生きるだろうか、あなたはどうするか、国に帰るだろうか、ここで異邦人として生きるだろうか。死ぬときはどこだろうか。そんな話になった。そんな話を何回もくり返した。哲学者をやっていても、詩人でも、考えることは同じなのだった。

去年の三月、わたしがカリフォルニアを出る直前だったが、ジャックがメールを寄越し、「ヨーコの誕生日に何か贈りたいが何がいいだろう」と訊いてきた。ヨーコとは何年も前に別れたと思っていたので驚いたが、それならショールとかエプロンとか、送り易くてもらい易いものはどうだろうとサジェストしてみたら、「エプロンにしよう、ヨーコは料理関係の仕事をしている。何々（という高級台所用品店）に行けばいいのだろう」と返信が来た。

まもなくわたしはカリフォルニアを出た。少しして彼から、むやみに感傷的なメールが来た。

「私はあなたをミスする。あなたの家の前を通るたびに、ああ彼女はいないのだと考える」

わたしは友人として、親しみをこめたメールを返した。返信が来た。返さないうちに死んだという知らせが入った。

カリフォルニアの人々の「ジャックを送る会」のメーリングリストにわたしも入っていて、しょっちゅうメールが来た。たいていフランス語だった。カリフォルニアに住むフランス人たちには、ジャックの家でたびたび顔を合わせていたが、こんなに多いとは知らなかった。かれらは、話に聞くシンガポールやデュッセルドルフの日本人社会みたいに、フランス語で用を足せると共通に思っているのだった。メールにはときどきにこにこと笑うジャックの顔写真がついてきた。わたしはそのたびに目をそむけた。送る会にはみんな行ったそうだ。安西さんも、うちの娘たちも。

それからしばらくして、秋の終わりか冬の初め、わたしは京都に講演の仕事で行ったのだった。そこにあのヨーコが来た。驚いた。昔も若かったが、今も若い女だった。片や死ぬ前のジャックは七十代後半だった。

仕事が終わった後、わたしはヨーコに連れられて、とあるレストランに行った。横町の辻の奥を入ったところにあるカジュアルなフレンチレストランだった。ドアを開けて中に入ると、オーナーがヨーコを見て驚いて「ヨーコさん、ひさしぶり」と言った。そして「ジャックはどうしてるの」と言い、ヨーコは「亡《な》くなりました」と答えて涙を拭《ふ》いた。わたしたちはワインを注文し、オーナーにも来てもらって、「ジャックに」と献杯し、またヨーコは涙を拭いた。

わたしの仕事は、説経節についての小さな講演だった。説経節は近世に盛んだった芸能で、どの話でも、お姫様だった女が落ちぶれる。そしてよく働く。奴隷《どれい》のように。あるいはほんとに奴隷になって。対する殿様は若くて強くて美しくて名誉も金もあって、何でもできる男であるが、これもかならず落ちぶれて、醜くて弱くて何も持たない何もできない存在になる。そんな男たちを、昔はお姫様だったが今は奴隷の、よく働く女が道行きに連れ出して癒《い》やす。そういう話ばかりなのだった。講演は町家の畳敷きの部屋で行われた。ヨーコは隅の後ろの方に座って、聞きながらしきりに涙を拭いていた。ヨーコと出会った頃、ジャックは一年間京都に住んでいたのだった。そして二人でよくそのフレンチレストランに行き、店の閉まった後にオーナーとよそに飲みに行ったりもした。オーナーはフランス語ができるから、ジャックとはフランス語で話した。ヨーコが加わると英語になった。

別れ際《ぎわ》にヨーコが、わたしに一枚の未使用の白いナプキンをくれた。高級ホテルのレストランとかで使っているような上質なナプキンで、輝くような白の綾織《あやお》りで、ジャックがエプロンを買いにいった高級台所用品店の印がついていた。

「いやじゃなかったらもらってくれる？」とヨーコが言った。「ジャックが最後に送ってきたものなの、箱にいろんなもの詰めて送ってきて。形見というのもアレだけど。ヒロミさんとシェアしたくて」

うちのコーヒーメーカーは安物ですぐ蓋《ふた》が開く。わたしはナプキンをその上に載せて蓋が開かないようにするのに使っている。それがただ、ジャックの存在を証明するかのようにそこに在る。点々とコーヒーの茶色の染みがついている。

ひつじ・はるかな・かたち

周囲にはヨーコばかりいるのだった。そういう世代なんだと思う。

ヨーコたちはいたるところにいて、いろんな漢字を自分に当てる。海だったり、葉だったり、蓮《はす》の花だったり、かがやきだったりした。大木や葛《くず》や暗闇の人もいた。でもアルファベットで書けば、みんな**Yoko**だった。

この間、一人のヨーコさんからメールがあった。カリフォルニアでJトラベル旅行会社につとめているヨーコさんだった。

「Jトラベルが閉店します。私はG旅行社に移りますので、ご用命のときはこちらに」

ヨーコさん、お久しぶりです、とわたしは即座に返信した。わたしは日本で、なんとかやっています……。

昔むかし、飛行機のチケットは、町の旅行会社で、手数料を払って買った。それがいつのまにかオンラインで買うようになった。町では旅行会社が一つ潰《つぶ》れ、また一つ潰れた。

昔むかし、日本行きのチケットを扱うJトラベルは、日本食屋の中にオフィスがあった。日本食屋には定期的に行っていたから、とても便利だった。

伊藤さん、また日本ですねと言われるほど馴染《なじ》みになった頃、Jトラベルは日本食屋から出ていって、新しいオフィスは、日系の百円ショップの隅の、ついたての裏になった。やがてそこが閉店した。いちばん近い支店は、車で二、三時間ほど行ったところの町にある。「そこは日本人の多い地域だから潰れませんよ、そこのスタッフに伊藤さんのことを伝えておきますから」と閉店する店のスタッフが言うので、それからわたしはそこに電話して、チケットを買うようになった。そこの担当者がヨーコさんだった。

もう紙のチケットを受け取りにいく必要がなくなった頃だったから、そういうことができたのだが、それならオンラインで買っても同じだった。これでOKと決定する面倒臭さが、旅行会社で買えば軽減した。他人がちゃっちゃっとやってくれた。そのために手数料を払っているような気がした。

ヨーコさんは最初はとっつきにくかった。話し方が機能的すぎるのだ。でもこっちに長くいる人はときどきこんな話し方をする。日本語のすみずみに差す潤滑油が切れてしまったような。英語で生きるために話し手の人格を置き去りにしてきたような。ヨーコさんもそうだったけれど、慣れたら気にならなくなり、むしろとても有能で、今までの誰よりも親切だというのがわかってき、わたしはやがて、チケットを注文しながら、ヨーコさんと雑談するようになった。

あるときヨーコさんの漢字が判明した。「ひつじ」だった。

「未年《ひつじどし》だってだけなんですよ。日本に兄がいるんですけどね。リュウジ。これも干支《えと》。うちの夫は言えなくて困ってますよ。ほら、リュウって、どういうわけか、こっちの人にはむずかしいでしょう」

それでわたしと同い年なのがわかり、何年に夫と知り合い、何年にこっちに来て、何年に子どもを産んで、9・11のときはどうでという話題で話し込んだ。経験はほとんど同じだった。

必要に迫られて市民権を取った人が多いですねっていう話をしていたときのことだった。「私も市民権を取ったんですよ」と未年のヨーコさんが言った。

宣誓式は市庁舎の隣の大ホールでやったんですけど、当日の朝早く行ってみたら、人が何重にもホールの周りを取り巻いているから、何事だと思ったんですけど、みんな、宣誓式に出る人たちなんですね。私の時は、実際に市民権を取った人が二千人だったんですけど、家族や友だちもつきそいで来てたから、もう数千人が。

最初は何をするのか分からなくて、黙って並んで中に入っていくんですけど、やがて式が始まって、判事《ジャッジ》が、ふつうのスーツを着た女のジャッジだったんだけど、『みなさん、今日はコングラチュレーションズ、この中にアフガニスタン出身の人はいますか』といって誰かが立ち上がった。

それがいくつも続いた。最初のほうは聞いてなかった。戦争した相手国を並べて、アメリカがどんなに強大な国かと言いたいんだろう、嫌な感じだなあと思っていたら、カンボジア、私の隣の人が立った。私がさっきまでしゃべっていた人が、にこにこして立った。そこで気がついた。アルファベット順だった。みんなも気がついた。人が立つたびに拍手が起こるようになっていた。フィリピンは多かった。フランスが何人もいた。ジャパンが四、五人。コリアも四、五人。誰も立たない国もあった。そしてメキシコ。

会場の三分の一はメキシコ人だった。みんな満面の笑みをうかべ、両手をひろげ、上を向き、旗を振り、観客席からは、叫ぶ声、呼ぶ声、何かを吹く音、鳴らす音、マリアッチみたいな音楽さえ聞こえてきた。

「その式の進み方に、なんだろう、うるうるっとしたんですよね」とヨーコさんは言った。

ジャッジが言った、アメリカ市民になってコングラチュレーションズ、自分の国は捨てなくていいからコングラチュレーションズ。

「これじゃ今の政府のやり方とぜんぜん違うじゃないの、そう思ったとたんに、今の大統領の顔が大きな画面に映し出されて、にくにくしげな表情で何かしゃべり始めたんですよ」と未年のヨーコさんが言った。

もう一人、市民権を取ったヨーコさんがいる。それは「はるかな」ヨーコさんだった。はるかなヨーコさんもまた、長い間、永住許可証《グリーンカード》で、アメリカに暮らしていたのだった。

わたしが市民権を取ろうと思ったとき、ヨーコさんとその夫はすでに市民権を取って日本に帰ってきていた。夫が日本の大学で教えることになった、子どもたちはアメリカ人としてアメリカに住む、いつか帰ることもあるかもしれない、まったくわたしと同じ状況だった。メールでずいぶんやりとりしてやり方を聞いた。ヨーコさんはくわしく、やりかたについて、進行について、教えてくれた。ヨーコさんと夫は、いっしょに申請したのに、夫のほうがインタビューも先にスケジュールされて、宣誓式の通知も先に来た。ヨーコさんのが数週間遅れでやって来て、来ないわけはないと思っていたが、なかなか来ないから気を揉《も》んだ。一人目がアメリカ人になり、二人目もアメリカ人になったところで、宣誓式の後、その足で日本領事館に行って、国籍離脱の手続きをしてきたそうだ。その理由は聞いていない。

「市民権の申請書にミドルネームを書く欄があった。せっかくだから英語の名前をつけてみようと思った」とはるかなヨーコさんはメールに書いてきた。

今までは、ただ、ヨーコで通してきた。名前の好みは世代で違う。たとえばベヴァリーやパトリシアなんていう若い女はいないし、マディスンやダコタなんていうおばさんもいない。だから多少は同世代のアメリカ人たちを意識して、パメラとかミシェルとかはどうかなって。

そしたら、アメリカ生まれで、英名のミドルネームをつけてやった娘たちに言われたそうだ。「全然お母さんに聞こえない」

ヨーコだから、Y音に愛着がある。英語でもヨのつく名前を考えたけど、ヨランダくらいしか思い浮かばない。それドコの人やねんって感じだし。名前のサイトを見たら、ヨーコの他にヨネコ、ヨシエ、ヤエコ。日系人がみんな古めかしい名前を持っているのを、移民した当時で時間が止まってるのかなと思ってたけど、それが日本のイメージなのかもしれない。

でもそれからまた考えた。ノラはどうかなって。野良《のら》のノラ。日本人でもない、アメリカ人とも言い切れない自分をつねに確認するためのノラ。女の道を行くという矜《きょう》持《じ》もしめせる。

そしたらまた娘たちに言われたそうだ。「全然お母さんに聞こえない」

ヨーコさんはさらに考えた。アメリカ人だからといって英語の名前をつける必要はない。むしろ英語じゃない方がポリティカリーにコレクトなんじゃないか。南カリフォルニアには多くのメキシコ人が住んでいるんだから、いっそ、カルメンやコラソンはどうかな。

また娘たちに言われたそうだ。「全然お母さんに聞こえない」

他の文化、他の言語だっていいわけだ。ズザンナとかヤンユンとか。

「濁音の多い名前を名乗るのはどんな気持ちかと思っていた。撥音《はつおん》のある名前も名乗ってみたかった、子どものとき、友人にジュンコがいて、濁音と撥音がすごくうらやましかった」とはるかなヨーコさんは書いてきた。

ヨーコさんちのファミリーネームは須藤《すどう》だった。今後はスドーになる。ヨーコ・ズザンナ・スドー。ヨーコ・ヤンユン・スドー。

ヨーコさんはさらに考えた。そんな異文化の名前をつけるなら、日本語で何が悪い。娘の命名のときにちらと考えたけど、あまりにアレでつける気にならなかったような、日本語のすてきな名前。

ヨーコ・コノハナノサクヤ・スドー。意味ない。長いだけで。誰にも覚えられない。娘の意見を聞くまでもなく、自分でもそう思ったので、ヨーコさんはミドルネームは無しにした。

「日本人の私とアメリカ人の私は、同じ名前も、同じ人格も、持たなくてもいいんだってことに気がついて、ちょっとワクワクしたところだったんですけどね」とはるかなヨーコさんは書いてきた。


今から十年くらい前になる。はるかなヨーコさんの娘たちが飛行機に乗って熊本にやって来た。この二人とうちの末娘とは仲良しで、その夏休み、それぞれの帰省先を訪れ合う計画を立てていた。三人を連れて、わたしは長崎に遠出したのだった。

長崎なら、わたしはその数年前の夏休みにも、高校生の上の娘と幼児だった末娘を連れて行った。長崎に着いて、まず原爆資料館に行った。ところが幼児はたちまち飽きてうろうろし始めたから、外に出て路上でアイスクリンという冷菓を食べさせたら、たちまち機嫌を直した。

上の娘は、歴史の時間に第二次世界大戦をやったところだった。クラスを三国同盟側と連合国側の二つに分けてディベートしたそうだ。ドイツ系、イタリア系、日系の生徒は、先生がわざわざ連合国側に入れた。三国同盟側は連合国側にボコボコに言い負かされて泣き出した子もいたそうだ。

この子は小学校六年まで日本で過ごした。小学五年のときに長崎に修学旅行に行った。クラスみんなでファットマンという爆弾の原寸大の模型を作ったりして、長崎に臨んだ。準備をしながら、この子はしきりに「おかしい」と言っていた。「戦争はある日突然起こったんじゃないでしょ、日本が始めたんだし、いろんなことやってるでしょ、でも、ある日突然空から原子爆弾がって、どの本にも書いてあるんだよ」

日本が被害者のふりをするのは間違っている。そう言っていたのだが、アメリカに移住してまもなく、中学校の歴史の授業で、日本が百パーセント悪いと言われて悔しがって帰ってきた。「ひどいよお母さん、原爆を落として当然だったって先生が言うんだよ」

出島では、ボランティアの土地の古老が案内してくれた。説明を聞きながら、わたしは単刀直入に質問してみたのだった。

そこで混血児は生まれましたか、生まれたとしたら、どうなりましたか。

「だいたい殺されちゃいましたねえ」と古老はあっさりと言った。「商館長の子どもだったりして大きくなった子もいたそうですが、ま、だいたいはね」

古老はそう言ったとき、わたしの連れている幼児が、またもや飽きて、アイスクリンをもとめてうろうろしていたのだが、その子もまた混血児だと気がついた。そして何とも言いがたい、あいまいな表情をうかべた。まるで、殺された子どもたちを見ているような。

そのときの幼児が中学生になり、ヨーコさんちの姉妹といっしょに、長崎の原爆資料館をふたたび見た。オランダおいねの資料館も見た。あのときの「殺されちゃいましたねえ」という古老の声を、覚えているにしても聞いていなかったにしても、殺されずに生き延びた子もいた、しかも女だったということを、わたしはこの子たちに教えたかったのだった。

長崎から高速を通って熊本に帰っていくとき、運転しながら、わたしは、空の雲がみるみる晴れていくのを見た。南西の方角からどんどん雲がなくなっていき、東に及び、やがて空が一面に晴れ渡った。ほら、今、梅雨が明けたと後部座席に声をかけたけれども、三人は折り重なって寝くたれていて、誰ひとり、その希有《けう》な変化を見なかった。

早稲田の話が来たとき、わたしも、アメリカの市民権を取らなければならないと思った。今の大統領だから、永住ビザのまま国を離れたら帰って来られなくなるかもしれないからとわたしが言うと、Hの抜けるジャックは「イホミ」と聞こえる発音で「ヒロミ」と言った。

「感傷的になるな。大統領のせいではない。オバマだろうが、リンカーンだろうが、永住ビザのまま国を離れたら、それは取り上げられるのだ。それが国だ。われわれはただの移民で、永住権を持つだけの異邦人で、市民じゃない。見捨てるときは見捨てる。ときには国民だって見捨てることがある。それが国だ。フランスで病気になり何もできずに横たわっていたとき、私は考えた。このまま一年帰れないことになったら、永住権を失い、永住権を失ったら市民権の申請の権利も失う。これまで築き上げてきたものをすべて失う。これまでの人生、一から始めたことが何度もあったが、もう一度一から始めるには、今の私は年取りすぎている。だから今、私は、市民権を申請する」

そういってジャックもまた手続きを始めて、終わらないうちに死んだ。

先日、わたしがアメリカに帰ったとき、それはアメリカ人になってから初めての入国だった。空港に着いて、入国審査の場に向かって、長い長い道を歩いていく。たどり着いたところで、二つの列に分かれるのである。昔は、市民と永住権を持つ異邦人とが同じ列に並び、訪問者は別だった。永住権を持つ異邦人は、市民と同じ列に並びながら、どれだけ国から離れていたかを聞かれ、指紋をとられ、顔写真をとられ、「Welcome home!」と言われながらハンコを押された。ちょうど今の大統領になった頃から、列の分かれ方が変わった。市民だけが別の列に並び、非市民はすべて一つの列になり、永住権を持つ異邦人は、訪問者、来て帰る人といっしょに並ぶことになった。そして今回、また変わって、もう何がなにやらわからない。何が正しくて何が正しくないのかもわからない。

わたしが手に持つ米国パスポートは、ただ一回の出国に使ったきりだ。これはやはりどう考えても怪しいケースだと自分でも思う。疑われて別室に送られ、詰問《きつもん》され、パスポートを取り上げられたらどうしようと思いながら、列に並んで、濃紺色のパスポートを差し出した。指紋も取られずに通された。拍子抜けするほどだった。その国の市民になるということは、ただこんなことだったのかもしれない。

入国審査のピリピリする場から出て、市民や移民の行き来する区域に入った。一足歩くごとに浮き世の汚れが身にしみ通り、身に馴染んだ。やがて階段があった。そこを降りれば、すっかり「外」である。

わたしは、階段の上から「外」を一瞬見渡した。あふれんばかりの陽光がそこにあり、あまりにまぶしくて、何も見えなかった。階段の下に、浮世の汚れの染みついた人々に混じって、安西ヨーコさんがいた。このヨーコさんは「かたち」のヨーコさんだったのだが、それが、わたしをみとめて手を振った。わたしは手を振り返し、階段を降りていって、ヨーコさんと抱き合ったとたんに、涙が出た。その涙の仕組みはわからない。

ヨーコさんがいるのに気づいた。目も合った。手も振り合った。十か月くらいじゃ変わらないなと考えながら、わたしは階段を降りていった。ヨーコさんだって、ヒロミさん、変わらないなとか太ったかなとか考えながら、わたしに向かって近づいてきたはずなのだ。そして階段の下でハグした。カリフォルニアでは当たり前の、誰でもが誰でもにする挨拶だ。でもハグしたとたんに、ヨーコさんにもわたしにも、ぶわっと涙があふれ出た人体の仕組みの不思議。何度もこういう経験をしたことがある、その不思議、いつもわからない。

草木は成る

ムサシアブミはサトイモ科で、照葉樹の林の陰にできる。昼なお暗い、しかし日差しがちらちら差し込むような、あるいは時間によって光がしっかりと差し込むような、そんなところに生える。

わたしは、立田山の明るい斜面の大きな木の根元に、一株のムサシアブミを見つけた。緑色の大きな葉が、木の根元のカラスノエンドウやヤエムグラやハコベといった短い野の草の中に、おそろしく目立って生えていたのだった。

見つけた瞬間のわたしの興奮は、ちょっとことばにできないくらいだ。長い間、見たいと思っていた。

日本の野山にはこんなサトイモ科が自生しているのだとネットや図鑑で知ってからもうずいぶんになる。室内園芸にすっかりハマって、サトイモ科の観葉植物にハマって、いろんなことを調べていたときだ。まさか、ほんとうに、図鑑から抜け出て、熊本のいつも行ってる立田山に生え出して、目の前にあらわれるだなんて思いもしなかった。

葉っぱの間をかき分けてみると、花があった。疑いもないほどサトイモ科の花だった。

スパシフィラムやアンスリウム、ミズバショウ、スカンクキャベジ、あるいはコンニャク、みんなそうなのだが、サトイモ科の花は、棒状の肉穂花序《にくすいかじょ》を苞《ほう》が包みこんでいる。花は性器だ。コンニャクやアンスリウムは割礼済みのペニスのような形だが、ムサシアブミは仮性包茎、それだけなら、カワカムリなどと命名されただろうが、古式の鐙《あぶみ》にものすごくよく似ていて、それでこんな雅《みやび》な名前がついている。花の色は緑で、葉の下に隠れているから、よほど気をつけて見ないと気がつかない。カキの花やアオキの花みたいに地味な花だ。カキの花もアオキの花も、はなやかさのまるでない、ただ開いていて受け入れるだけのたくましい構造である。そしてムサシアブミも、その木の根元で、そのような花を咲かせていたのである。

わたしは無言で、携帯を取り出して写真を撮った。最近はこの写真を撮るという手段があるから、こういうときにたやすく自分の気持ちを抑えられる。

ところが良いことのあった日には良いことが重なるものだ。ムサシアブミのことばかり考えながら、わたしはずんずん山に入っていったのだが、そして犬は後からついてきたのだが、木立が鬱蒼《うっそう》として、下生えの繁《しげ》みも濃くなった頃、森の中の道の脇《わき》に、また、ムサシアブミが一本生えているのを見つけた。直射日光は射《さ》さないが、暗すぎるというほどではない。湿っているが、流れはずっと下を通っている。だから水はけは良い。そんなところだった。

おお、と叫び声をあげつつ近づいてみると、なんと近くにもう一本。そしてそのそばにまた一本。よく見ればその一帯はムサシアブミの群生地で、何十と緑の葉がひらき、茎の間に緑の花が咲いていていたのだった。

そこで気がついたのは、森の中で群生するムサシアブミは、山の斜面の木の根元にあったムサシアブミとは少し違うということだ。背が高く葉の形もやや細い。ムサシアブミによく似た植物にマムシグサというのがある。それかもしれないと思って調べてみたが、どうもよくわからない。

ムサシアブミもマムシグサも、ともにサトイモ科テンナンショウ属。日本にはおびただしい種類のテンナンショウ、天南星が自生して、その中に、武蔵鐙がある、蝮草がある、そして初めて知ったが浦島草というのもあるそうだ。立田山のそれがどれなのかどうにもわからない。わからないうちに日々は過ぎた。わたしはそれを見たさに、毎日立田山に入った。山には縦横無尽に道が走っている。どこにテンナンショウ属が生えているか。どの道を通ってどう歩けば、すべてのテンナンショウ属を見ることができるか。わたしは真剣に縦走計画を練り、毎日その計画を遂行した。

家の中のサトイモ科、モンステラが、春になって枯れた。大きな十号鉢でヘゴ柱の立ってるところに七本の茎を這《は》わせたやつだった。

わたしはこれをアマゾンで買った。もともと熱帯アメリカの原産だったから、ちょうどよかった。アマゾンの印のついた、人が入ってるんじゃないかというくらい大きな箱に入れられて、生きたモンステラが送られてきた。それが去年の今頃で、春が過ぎ、夏も過ぎ、秋の半ばにわたしは立田山を歩き始めた。刻々と秋の色がおさまり、木の色も葉の色も沈んでいくのを見た。それから刻々と枝の先に雨粒みたいな芽がふくらんでいくのも見た。

モンステラ、葉に元気がないと思っていたのだった。春になってよく見たら、茎がしなびている。茎から出ている葉もぜんぶしなびている。それでその葉を切り落とし、茎も切り落としてヘゴから剝《は》がした。七本の茎のうち六本が枯れた。一本の茎しか残らなかった。

　冬の間、水やりをあまりしなかったし、霧吹きも怠った。モンステラの他にも、室内観葉植物のサトイモ科なら多々あり、新芽が出ずに乾いているものがある。貝殻虫にやられているものもある。春になってそれに気づいたわたしは、貝殻虫をこそげ取り、枯れた枝葉を取り除き、弱った株を外に出し、春の準備は、死骸《しがい》の整理でもあった。そして外に桜が咲く頃には、家の中の植物がだいぶ減ってしまったのだった。

　それでつい先日、立田山でムサシアブミを見て、興奮して連日通いつめていた頃のことだ、わたしは新しい鉢植えを仕入れるために園芸屋に行った。大きなモンステラが欲しかったが、その園芸屋にあるいちばん大きなモンステラはヘゴづけになっていない八号鉢で、まだ若くて葉にも切れ込みが入っていない。これから蔓《つる》になって枝垂《しだ》れていくのだろうと思われた。

　ところがそのとき、良いことはさらに重なるものだ。わたしは自分の目が信じられなかった。わたしは、その園芸屋で、ムサシアブミを見つけたのだった。

　写真を撮るムサシアブミではなく、所有するムサシアブミ。

　ムサシアブミにそんな選択肢があるとは考えもしなかった。今まで園芸屋でムサシアブミを見たことがなかった。気がつかなかっただけかもしれない。二つあり、一つは白いプラ鉢に、一つは足つきの陶鉢に入っていた。観音竹や松葉蘭《まつばらん》に使うような和物の鉢だ。つまり園芸屋では、ムサシアブミは山野草の扱いなのだった。その隣にはムサシアブミより小ぶりな、しかしよく似た植物があり、葉の下をのぞいたらサトイモ科の花が咲いていた。名札を見れば「ウラシマソウ」。

それで、ムサシアブミとウラシマソウ。わたしは今、この二つを家の中に所有している。

わたしの家にははめ殺しの大きな窓がある。観葉植物の鉢は、その窓のあたりに並べてある。春から夏、そこにはあまり日があたらない。ところが日があたらないというのは、人間であるわたしの考えで、室内の観葉植物にとっては、明るすぎ、熱すぎて、耐えがたいようで、サトイモ科もウコギ科もシダ植物もあっという間に葉やけを起こしてしまった。それで窓際にはトウダイグサ科を置いてある。

カリフォルニアの家でトウダイグサ科を育てた。

何という種類かわからないが、トウダイグサ科ということだけがわかっている鉢植えだった。仮にユーフォルビアと呼んでおこう。ユーフォルビアは、日あたりが強くてもよく、乾いてもよく、つまりまるで自生種のように、カリフォルニアの気候になじんだ。ぐんぐんと伸びて、幹になり、さらに伸びるから、支え棒を立てたり階段にくくりつけたりした。そのままさらに伸びた。そして、その枝の先が天井にたどり着くかと思われたとき、ユーフォルビアは方向を変え、下に向かい始めた。

茎を折り取って水に挿すと、茎から出る汁で水が濁る。何回か水を替えるうちに水が澄み切り、根を生やしてぐんぐん伸びる。それを土に植えてやると、またぐんぐんと伸びる。そうやって作った第二第三の鉢もまた、ぐんぐんと伸び、天井に届く前に、方向を変え、まず天井と平行に伸び、それから下に向かって垂直に降りてきた。

茎から出る汁には毒があり、植え替えのときにうっかり目をこすったり鼻をほじったりしようものなら、のたうち回るくらいの苦しみを味わうのだった。なんのために、相手をこんなに害するのか、悪意があるのかと苦しみながら何度もわたしは考えた。

知覚がある。そして予測し、行く道を変える。もしかしたら悪意すら持つ。

鉢の一つは寝室の前にあった。夫が老いて死んでいくとき最後まで使っていた寝室だった。夫が老いてとうとう死んで数か月経《た》った頃、わたしは株からやたらに葉が落ちるのに気がついた。水が足りないんだろうと考えてたっぷりやった。また少しすると葉が落ちてきたから、また水をやった。一年ほど経って、その鉢の受け皿に汚れた水がいっぱいにたまっているのを見つけた。水を吸収できていなかった。そして植物そのものはかなり前に枯れていたのだった。

植物に仏性があるかないか、仏に成るか成らないか、昔、そういう議論がさかんにされたそうだ。その昔の仏僧たちがこのユーフォルビアを見たら、たちどころに結論を出すだろう。

草木は成る。

トウダイグサ科のユーフォルビアは絶対に成る。それならサトイモ科のモンステラもフィロデンドロンも、ムサシアブミも成るとわたしは思う。


昨日は雨で、どこを歩いたって何もかも濡《ぬ》れていた。それならいっそ雨の中のムサシアブミを見ようと思って、わたしは立田山に出かけていった。もちろん犬は大喜びでついてきた。山には誰もいなかったし、あらゆる木や草が濡れていた。わたしのビニール傘にボツボツと間断なく雨の滴《したた》る音がして、大変やかましかった。

雨なのになぜそんなところに行きたがる、もうちょっと常識を持ってなどと、昔は親や家族に言われたものだが、今は誰もいない。いや、娘たちは生きていて、家族というつながりはかすかに残っているが、みな太平洋の向こう側で、自分たちが生き延びることに汲々《きゅうきゅう》としている。だからわたしは、傘を持って、犬を従えて、どこまでも歩いた。山の斜面の木の根元のムサシアブミの前を通り、森の中の道の脇のムサシアブミの前を通り、さらにいつもは行かない道で新たな群落を見つけ、例の、山の神の前に出た。

冬の頃、このあたりで、猪《いのしし》に出会った。

ほんの数メートル先にあらわれた猪に、犬は全身の毛を逆立てて吠《ほ》えた。猪は森の中に走り込んでいった。

つい先日は、やっぱりこのあたりで、一人の老婆《ろうば》に出会った。古老と言いたいが、そのことばにはやや男を指す感じがある。この老人は女だった。そして老婆と呼んでも失礼じゃないくらい年取っていた。

老婆とわたしは、挨拶《あいさつ》して、立ち止まり、話し始め、わたしが、こないだこのあたりで猪に出会いましたよと言ったら、「わたしも出会った、真《ま》っ暗闇《くらやみ》の中を子連れで上から下へ駆け下りていった」と老婆が言った。驚いて、何時ごろですかと聞いたら、「真夜中」と。

いつも真夜中に歩くが、息子にみつかると叱《しか》られる、携帯もいつも忘れるからそれも叱られる。この頃は叱られるから真夜中は来ない、でもほんとうは夜中に山を歩くのが好き、誰もいなくて山がきれいで、と老婆はささやくように話した。

立ち止まって会話したのはたしかだが、日本人独特のしゃべり方で、目も合わせず、主語もないままに話すものだから、その上、彼女はですますの敬語さえ使わないものだから、お互いの存在を認めて話している気がしなかった。わたしに話しかけるというより、山の木や山の草に話しかけるように、老婆は話していたのだった。

そんなことを思い出していたら、山の神の紙垂《しで》がまきつけられた敷地の中で、わたしの犬がしゃがみ込んで尻《しり》を突き出し、うんこをし始めた。なんと、わたしにはそれがとても喜ばしいことに感じられ、うんと褒めてやった。できることなら、わたしもしたかった。山の神はきっとそれを喜ぶだろう。犬のしおおせたのは、丸々とした、立派な、香り高いうんこだった。

かがやく

わたしはとうとう入国審査のひけつを知った。

アメリカの入国管理で、永住許可証《グリーンカード》を持つ異邦人が、つまりわたしがこれまで二十年間生きてきたその立場のことだが、それがどう扱われるかということだ。この深刻な問題は、ある意味、空港のカウンターで、どうやったら無償でビジネスクラスにアップグレードされるかという、さらに深刻な問題とよく似ているのだった。

知るまでに至った経緯には、友人ひとり分の犠牲があるのだった。

ヨーコさんが、このヨーコさんは「かがやく」ヨーコさんだったが、四年かけて体当たりで証明してくれた。ああ、話したくて心が逸《はや》る。ヨーコさんの紹介など後回しにして、まずそのひけつを話そう。基本的な事実はこうだ。

永住許可証を持つ異邦人は、アメリカの国内に住まなければならない。

異邦人なのに、永住許可証を得ることができたということは、アメリカに住んで市民と同じ義務を果たすという誓約をしたからだ。アメリカの法を守る、税金も納める、選挙権は持たない、裁判にも参加しない、という誓約だった。わるいことはするな、よいことをせよという概念でまとめられるかというと、そうでもない。そこには個人より国の利益が優先されているのだった。

しかし人生は流《る》転《てん》する。何かの都合でアメリカを離れなければならなくなることもあるのである。そのときは移民局に行って、再入国許可証を申請すればいい。それは二年間有効である。つまり二年間アメリカに帰らなくていい。それは延長もできる。それも二年間有効である。その後は延長ができない。だから、永住許可証を持つ異邦人としてアメリカに住むか、永住許可証そのものを放棄するかの選択をすることになる。

再入国許可証を申請せずに、国外に出た場合はどうなるか。そのまましばらく、あるいはずっと帰ってこない場合には。

大統領によって違う、入管の係官によって違う、人々はいろんなことを言うのだが、それはただの希望だ。基本のガイドラインはつねに一定。なんども言うが、どんな期待をしても、よい服装をしても（実際、わたしの友人には、アップグレードされやすいからと信じ込んで、高価なよい身ごしらえで国際線の旅行に出かける人がいた)、空港のカウンターで無償でビジネスクラスにアップグレードされる人は、その場の塩梅《あんばい》などではなく、航空会社規定のルールによるのであるという事実とよく似ている。

一年目。一年以内にアメリカに帰ればよい。二年目も同じく、一年以内にアメリカに帰ればよい。三年目には、怪しまれて質問される。再入国許可証を取れと言われる。しかし基本的にはハンコを押されて入国できる。ところが四年目になると、手のひらを返したように厳しくなる。審査の窓口から別室に送られて、犯罪者のように扱われる。犯したかもしれない犯罪は、「永住許可証を持っているのに、アメリカに住む意思がない」という一点だ。

それがヨーコさんの体験だった。係官に「あなたは持っていない、住む意思を」と決めつけられた。

「私にさせてください、説明を」と言いかけたが、「あなたにはさせない、説明を」と拒否された。風船をたたき割るような拒否だった。「私はあなたを裁判にかけることもできる、そうしたら罰金は五百ドル」と脅された後、「今回は帰りのチケットがあるから見逃す、日本に帰ったらアメリカ領事館で返納手続きをするように」と言われて通された。

やりとりのすべてを目の前でコンピュータに打ち込まれていたから、ヨーコさんはすっかり観念して、日本に帰ってから、アメリカ領事館に問い合わせた。すると、領事館ではその業務はやっていないから移民局に聞けと言われた。それで移民局にメールを書いたが、今に至るまで返事がない。ネットで調べたから、返納の仕方はわかっている。韓国のどこかに送り返せと書いてあった。

「放棄したくないグリーンカードを放棄するために、自分からアクションを起こす気にどうしてもならないから、そのまま、まだ何もしてない」とヨーコさんは言った。

かがやくヨーコさんとわたしは、東京で、再会した。そしてわたしは、この経緯を知ったのだった。わたしが日本に帰ってきたときに連絡をし合ったが、会う機会がないまま一年が過ぎてしまった。そしたら先日、**Facebook** のメッセージ欄にヨーコさんが書き込んできた。

「グリーンカードを返納しろって言われた――」

それでわたしたちは、会うことにしたのだった。

不思議だった。会いたくないわけじゃなかった。親しかった。

長い間同じことばの、同じエスニシティの、同じ文化の、同じ世代の、同じ価値観を共有する友人として、隣人づきあいをしてきた。子どもたちも同世代で、同じ複合文化の子どもたちだったから、よく遊ばせたし、日本人学校のお祭りや日本人社会のボランティアにも、いっしょに関わった。通ったジムも同じところだったから、ジムで会うたびに立ち話した。うちの夫がいないときにヨーコさんを呼んで、夜遅くまで飲みながらしゃべっていたこともある。そうだった、そのつきあいはいつもヨーコさんとわたしの個人的なつきあいにかぎられた。ヨーコさんの夫（その後離婚した）とわたしの夫（その後死んだ）は関わらなかった。安西さんと安西「かたちの」ヨーコさんが近所に引っ越してくるだいぶ前のことだ。安西さんは、うちの夫が教えていた大学で教えている人だったから、夫と世代は違っても、ある意味同じコミュニティに属していた。はるかなヨーコさんの夫もそうだった。それで、夫ぐるみのつきあいがなし得た。

あの頃のわたしの生活は、ほんとうに閉塞《へいそく》していた。

英語があたりいちめんにみちみちて、家の中、キッチンや、バスルームや、ベッドのシーツの皺《しわ》のすみにまでみちみちて、わたしを何か違うものに変えようとしていたような気がする。

日本には、先にかがやくヨーコさんが帰って、数年してはるかなヨーコさんが帰った。それからわたしが帰った。日本に帰ってからは、会おうと思えば会えるところにいるのに会わなかった。かがやくヨーコさんとも、はるかなヨーコさんとも。入れ墨が入っているのを社会に隠している、隠し通そうとしている者同士のような気がした。ご赦免になった流人《るにん》とか、極道の道に入った者同士。とても不思議だったが、なぜなのか、わからなかった。

かがやくヨーコさんが、なぜ永住権のまま日本に帰っていったのかについても、わたしはわからない。でもわたしは、わたしのことならわかる。

わたしにとって、家族と離ればなれになる、自由に会えなくなると考えるのが、どんなことよりも怖《おそ》ろしかった。絶対に永住権を失《な》くすわけにはいかなかった。失くしたらアメリカに入れなくなるかもしれないと思った。アメリカに入れなかったら、何かがあったとき、家族のそばにいられなくなる。何かとは何か。娘の危機、社会の危機、何でもありうる。病気になる。家が燃える。悪人が襲ってくる。高層ビルに飛行機がつっこんで、地震が起きて、戦争が始まって、社会が崩壊する。そのときに、離ればなれになるかもしれないと考えると、いてもたってもいられなくなるのだった。

四十のときに子どもを産みにアメリカに行き、まんまとアメリカのパスポートを持つ子どもを連れて帰ってきたということは、アメリカの移民局は知らないと思う。わたしが罰せられたのはその理由じゃなく、そのあとにやった不法滞在のせいだ。

子どもを産んだとき、わたしはただの訪問者で、九十日しかアメリカにいられなかった。あの当時もその後も、夫とは籍を入れなかったから、法的には何の関係もない。その何の関係もない夫、というよりただの男はアメリカ人ですらなく、永住権を持つ異邦人にすぎなかった。異邦人同士で、法的な関係もないのに、家族をつくっちゃって、危機のときはどうしたら生き延びられるかとわたしは考え抜き、せめて子どもだけでもアメリカに住む権利と日本に住む権利を持たせようとして、妊娠八か月のときにアメリカに行った。産んで、生後一か月くらいのときに連れて帰ってきたなら問題はなかったのだが、そして実際そういう計画を周到に立てていたのだが、子どもを産んだ直後に、男、というか夫のような者が、緊急の手術をすることになり、つくったばかりの家族は早くも危機にさらされ、やむなく九十日の滞在期限が切れた後、一か月ほど不法滞在をした。コンピュータが流布する前の話だった。不法滞在中も生活は何も変わらなかった。出国のときに、チェックインカウンターで、航空会社の人がビザ免除書類の半切れを回収しただけだ。その人だって何の関心も抱いていないように無言だった。

子どもには、生後すぐにアメリカのパスポートを申請した。それを使ってアメリカを出国させ、日本に入国させ、それからどうしたっけ、どこかで手続きをした、外国籍の人間として日本に入ってきたが日本人でもあるということを申し立てて、入国の記録を抹消してもらったと思うが、どこでやったか覚えてない。アメリカの査証検査の場で、ヨーコさんもわたしも経験した、自覚のないうちに法を犯して犯罪者に落ちぶれたと思い知らされるような、そんな経験はしなかった。

その後、わたしはアメリカに入国しようとして、何度も別室に送られて詰問された。すんなりと通されることもあった。今回はいい係官に当たった、今回はハズレだった、などと思っていたが、今考えれば、そこにもルールが働いていたと思う。

わたしはいつも子どもを連れていた。アメリカのパスポートを持った子どもと、日本のパスポートしか持たない子どもたちだった。母親に頼るしかない子どもたちの前で、その母親が、怖ろしげな係官に犯罪者扱いされて叱責《しっせき》された。母親は言い返すこともできずに、ただ叱責された。それを子どもたちが見ていた。あのみじめさは忘れがたい。昔のヨーロッパ映画で、こういう親のみじめさを描いたのがあったなと、そのたびに思い出した。

永住権を取った後には、ひどく責められることはなくなった。ときどき疑わしげに質問を重ねてくることはあった。大統領が子ブッシュのときにとくに多くなったと思っていたが、9・11のせいかもしれない。何かルールがあるのだ、あのときも、それにのっとって係官たちは態度を変えたと、今、わたしは確信しているのだった。

親が死に絶え、子どもたちも離れ、夫が老いてきた頃だ。夫が死んだらどうしようか考えていたのだが、もし日本に帰ったときには永住権をどうすればいいかがどうしてもわからなかった。日本人同士で知恵を交換することはあったが、不確かだった。「一年に一度帰ればいいのだ」とか「半年に一度帰ればいいのだ」とか「いったんカナダに行ってカナダから入国すればいいのだ」とか、いろんな知恵をいろんな人から聞いた。「永住権なんて持ちつづけなくてもいいものだ、感傷だ」という意見も聞いた。どうにも埒《らち》があかなかったので、わたしは移民局に予約を取って相談に行った。これはある意味、すごい決断だった。わたしたち移民にとって、移民局は警察や国税局より、ずっと身近で、ずっと怖ろしかった。永住許可証の取得や更新で、なんども出向いて行く場所だったし、待たされる場所だったし、自分はだれか、出自はどこか、髪の色は何色で目の色は何色か、くり返し問い直され、そして指紋を採られるところだった。何かあればわたしたちを追い出すのは、警察よりも、国税局よりも、移民局だった。それでもわたしは、どうしても移民法のルールを知りたかった。もう二度とあの不法滞在のときのような軽挙と後悔はするまいと思っていた。

窓口に出てきた係官は若くないアジア系の女で、日本語なまりとはぜんぜん違うなまりのある英語をしゃべった。

彼女が言ったのは、今回、かがやくヨーコさんが、人体実験のようなことをくり返して確認したのとほぼ同じことだ。

つまり、永住権を持つにはアメリカに住む意思がないといけない。一年以内に帰ってくればいい。再入国許可証をとれば二年間帰らなくてもいい。ほぼ同じだが、わたしがいちばん知りたかったこと、何年間アメリカを離れてもいいのかについて、係官は何も言わなかった。

「永住権を取って何年になるか」と聞くので、二十年になる、と答えた。「それならアメリカの市民権を申請したらいい、永住権を取ってから五年間アメリカに暮らしていれば、市民権を申請できる、あなたはそれができる」

ありがとう、たいへん有益な情報ですと言って、わたしは帰った。それ以上踏み込んで聞く気にはならなかった。アメリカに住む意思がないと見抜かれたら、永住権の更新や市民権の申請の可能性を、ぶつんと切られてしまうような気がした。

この人たちは、喜ばしい権利のように、市民権を申請できることについて語る。移民局の役人も、普通の市民も、みんなそうだ。永住権を持つ異邦人として生きていく選択肢もあるということについては、思いも及ばないのだ。

アメリカに住み続けるのなら、永住権のままの方がいい。これは永住権を持つ日本人がみんな知っていることだ。

永住権を持つ日本人なら、アメリカの日本領事館で日本パスポートの更新ができる。「合法的にアメリカに住んでいる証明」を求められるから、永住許可証を見せればいい。そのとき米国パスポートしか見せるものがなかったらどうなるのだろうと、日本人が集まる場で、いつも話題になっていたのだ。今は日本のパスポートとアメリカの永住権とを持って暮らしているが、自分はいつか日本に帰るだろうか、帰れるだろうか、市民権は取るだろうかと考えている日本人たちで、かがやくヨーコさんもそこにいた。

いつも話題になっていたのだ。

死ぬときはどこだろうか、日本だろうか、ここだろうか。誰とも会えなくなるね。誰とも会えなくなるのは寂しいだろうかね。年取ったら感覚がナムして（麻痺《まひ》して）感じなくなるのではないだろうか。

いつも話題になっていたのだ。

日本には日本食がある。安心な健康保険がある。日本語が通じる。そこらで気軽にしゃべれる。誰からも軽んじられない。でも自分の子どもたちは全身すみずみまでアメリカ人になって、アメリカにとどまる。

子どもたちに会いたいよね。

会いたいよ、いつでも会いたい。

老人ホームに入って英語で世話されるのはしかたないけど、食べものがね。

そうそう、ターキーサンドイッチなんか食べたくないよね。

老い果てた自分。英語を忘れかけた自分。老いて英語を忘れかけた自分の前に置かれる、ぱっさぱさのターキーのサンドイッチ。

そうそう、食べたくないよね。

いつだったか、こんな会話を、わたしはかがやくヨーコさんと交わしたような気がする。もしかしたら、はるかなヨーコさんとも交わしたような気がするし、ひつじのヨーコさんとも電話越しに交わしたような気がする。まだ見ぬ、おびただしいヨーコさんたちと交わしたような気さえする。

河原の九郎

河原に鴉《からす》がいる。九郎と呼んでいる。

わたしが犬をつれて外に出ると、鴉が、向こうの電線に止まってこっちを見ている。わたしの行動を一日じゅう見張っているわけじゃないだろうが、実に目ざとい。これが九郎。もう一羽、ちょっと遠いところに止まっている。最初の鴉をクロウと呼んだら、必然的にこっちは十郎になった。

わたしが犬の糞《ふん》を拾ったり、植物を撮ったりしていると、さっきまで向こうの電線にいた鴉が、すぐそばのカキの木に止まっていたりする。ついてきているのは確実なのだが、「九郎」と呼んでも無視される。

つがいのようだが、雌雄の区別はついていない。実は九郎と十郎の区別もつかない。わたしにより近いのが九郎、より慎重で、やや遠くにいるのが十郎と思うことにしている。

実は十一郎と十二郎もいるが、かれらは九郎と十郎に追い払われている。七郎と八郎もいるが、この二羽は、川向こうの電線に止まって、九郎と十郎をじっと見ている。

あるとき、わたしが落として犬が拾わなかった犬用のジャーキーを、鴉が飛んできて食べるのを見たのだった。また落としてみたら、さっと舞い降りて、鳩《はと》みたいにぽっぽっと食べた。それから、それが日課になった。

鴉たちはだんだん慣れてきて、この頃は、わたしのすぐ真後ろをとことこ歩いていたりする。わたしの犬は、わたしが自分以外のものに心を寄せているのに勘づいて、なんとなく不満を感じている。わたしの手元をじっとみつめ、土の上の（わたしが故意に落とした）ジャーキーを片っ端から食べて歩く。

鴉はとことこ歩いている。

このように一歩一歩足を出すのが「はしぼそ」、両足をそろえて跳ねるのが「はしぶと」と何かで読んだ。

犬は立ち止まって、鴉にはいかにも無関心のふりをして、草むらのにおいを熱心に嗅《か》ぐ。そして鴉はいかにも無心にとことこ歩いている。犬が鴉を、充分に引きつけたと思った瞬間、振り向きざま、鴉めがけてダッシュするが、たぶん鴉はもうとっくに犬のその演技を見抜いていて、今か今かと思いながらとことこ歩いていたのだった。

立田山にも鴉がいるが、それはたぶん「はしぶと」だ。

「はしぶと」は木や建物が覆《おお》いかぶさっているような空が好きらしい。「はしぼそ」はひろびろと開けた空が好きらしい。

二つの鴉たちは顔が違う。九郎は額から嘴《くちばし》へのラインがスッキリしているが、山の鴉はネアンデルタール人のようにごつごつ盛り上がっている。

叫び方も違う。九郎は体を揺すって下からすくいあげるように叫ぶ。その声はいかにも鴉の声である。山の鴉は体を揺すらずに、ただ口を開けて、ああ、ああ、と叫ぶ。その声は日本語の「あ」によく似ている。

わたしがまねをせずにはいられない声を出すのが「はしぶと」で、ただの鴉声を出すのが「はしぼそ」だと思う。

誰もいない山の中で、わたしは、ああ、ああ、と叫びながら歩いた。口を大きく開けて、口蓋《こうがい》の奥、咽頭《いんとう》というところから上向きに声を放り出す要領で、ああ、と叫んだ。河原ではしようと思ったこともない。すると頭上の、木々のかぶさったその上の見えない空のどこかから、ああ、と返してきた。

春の初めに立田山で、鴉が一羽、後を追ってきた。何のためか。河原の九郎ならジャーキーという動機がある。しかしその日わたしはジャーキーを切らしていたし、そもそも立田山ではジャーキーを落としたことなど一度もなかった。それでも鴉は追ってきた。山の中だから木に隠れて姿が見えず、ばさばささと木から木へ飛び移る音が聞こえ、黒い鳥の影が見えた。

その頃だった、死骸のにおいがしていたのは。

猪とか狸《たぬき》とか、そういう大きい動物が死んでいるんだろうと思った。どこに死骸があるかはわからなかった。歩くにつれ、においが強くなったり薄れたりした。繁みのそばを通ったときなど、動物のにおいを嗅ぐことがある。動物園のにおいみたいな。でも通り過ぎれば消える。さっきまでそこに何かがいたんじゃないかというような。でもそのときの死骸のにおいは、それとは違った。もっと上から覆いかぶさるように、空気全体にしみこむように。それが春の初め。においは数日で消えた。それからヤマザクラが咲いた。里のサクラみたいに咲いているところを見たわけじゃない。道の上が白くなっていて、よく見ると花びらだった。上を見ると、高いところにヤマザクラの花が咲いていた。かすかな花の香りがした。やがて、地表の花びらがすっかり溶けたころ、今度はなんだかわからないにおいがし始めた。ひどく生臭かったが、死骸とは違うにおいだった。

何かが腐っているにおいに似ていた。生物のからだの中のにおいにも似ていた。考えたが、わからなかった。ふしぎと動物臭さが感じられないのだった。

次に山に行ったときには、前のときより強くなった。山じゅうがそのにおいにおおわれた。歩いているうちにクラクラしてきた。脳髄にどしんと突っ込まれてくるようだった。なんだか知ってると思い始めた。嗅いだことがあると思った。

山道がひらけて、向こうの山の斜面が見えた。山全体が黄色く泡立っていた。高い木々がいっせいに変色していた。この現象はいわゆる「山笑う」。……だと思う。あまり表情の変わらない照葉樹が、この時期だけ、こうして黄色く泡立って、アイスクリームのスクープをいくつもいくつもかぶせたように見える。「山笑う」はまさにこの現象のことを言うのだと、この時期に日本に来て、この泡立つような山を見るたびに思っていたのだった。

去年の秋頃から立田山を歩きはじめて、木にかかった札で、ツブラジイという名前を知った。

「和名は『円《ツブラ》ジイ』で実がまるいことから。コジイは、仲間のスダジイの実より小さいことからの別名。実はクリやクルミに次ぐおいしい食料です。（ブナ科）」

山道のあちこちに重機で掘り返した跡があるのだった。森林の保全のために人間が何かしたんだろうとぼんやり思っていたのだが、猪が掘り返した跡じゃないかと気がついた。クリやクルミに次いでおいしいドングリを食べたくて、ツブラジイの根元を掘り返す。いったんそう考え始めると、その土の山が、猪の食欲、生存欲の塊としか見えなくなった。

そして、そうだ、この花ざかりはツブラジイだった。

昔々、セックスをし始めた頃、当時の男、だいぶ年上の男だったが、なんにも知らなかったわたしに、クリの花は精液のにおいがするのだといかにも秘密そうに教えた。それを思い出した。クリだってブナ科だった。

わお、精液か！

しばらく嗅いでないから忘れていたのだった。そういえば若かった頃、男からTシャツをもらい受けて着てみたことがある。男の服を身につければ何か違うかと思ってやってみたのだが（動物の爪《つめ》や牙《きば》を身につけるような感じで！）、いやはや体臭の強い男で、それがまた魅力だったのだが、洗いざらしたシャツなのに濃厚に体臭が染《し》みつき、わたしはもう、体臭にくゆり出されたような感じで、性交渉のあれこれが脳内にみちみちて離れてゆかず、生活に支障が出てきたので、早々に脱いで正気に戻ったということがあった。

森の外から見たら、泡立った黄色いアイスクリームにしか見えないのに、森の下に入れば、そのにおいで空気がすっかり重たくなり、その空気に押しつぶされるような気がするのだった。

「山笑う」の季語は、晩春の、花咲くシイの木が発散する、ヒトの精液のようなにおいに、目も鼻も頭もすっかりやられて、たんなる文学的な観察やのどかなメタファにとどまらず、生物的な快感の頂点をも含み取っていたのである――。

いけない、自分を忘れてはいけないと、わたしは早足で出口に向かった。近道をしたいときには、垂直に近いような坂道を滑り降り、繁みを突っ切り、墓地に入り、墓石の後ろの隙間《すきま》を通り抜けて、立田山の駐車場の裏手に出る。そのときもそうしたのだが、なんと途中で犬が吠え出して、繁みをくぐり抜けて走っていった。その繁みは、照葉樹林のカズラ系のものの絡《から》まり合う重層的なぶ厚い繁みだった。見ると、そこに一匹の若い猪がいて、犬に吠えかけられてしばし躊躇《ためら》い、それから身をひるがえして藪《やぶ》の中に消えた。犬は深追いをしなかった。ものすごく怖かったんだと思う。今までに見たことがないくらい総毛立っていた。

それからどんどん花は開いた。山じゅうが満開になった。

「山笑う」についてのこの発見を、わたしは人に話さずにいられなかった。人と言えば、今の生活ではまず学生だから、早稲田に行って学生に話した。授業で話し、研究室で話した、話し足りずにエレベータの中でもまだ話した（俳句を書いている学生たちもいたから、わかると思ったのだ）。そしてみんなに当惑された。

くずのは

それは、くずのはのヨーコさんだった。

わたしは、カリフォルニアの各都市で配られるフリーペーパーで人生相談をやっている。まだカリフォルニアに住んでいた頃のことだった。日本食品のスーパーで、日本人の女に日本語で話しかけられたのだった。ヒロミさん、といきなり話しかけられて、わたしはどぎまぎした。さしみのパックを選んでいるときだった。その晩は娘夫婦がいっしょにごはんを食べようというから、手巻き寿司《ずし》にしようと思って日本食品屋までやってきて、サーモンにイエローテイルにスナッパー、娘が好きだからスキャロップ、それから新しい海苔《のり》に、娘が好きだから青紫蘇《あおじそ》もなどということを一心に考えていたのだった。

その女はわたしを呼びとめ、簡単な自己紹介をして（どこそこに住んでいます、在米十五年、夫はアメリカ人）話し出した。

離婚を考えています、私は五十二歳で、子どもは十一歳、日本にいる両親も年取ってきて世話をしてやりたいし、今はパートをしてるんですが、それじゃ暮らしていけないし、毎日ぐるぐる悩んでいます。

お名前は、と聞くと、

ヨーコです。

どういう字を書くんですか、と聞くと、

くずのはのヨウです、と宙で指を動かして、つたかんむりの、このヨウ、とヨーコさんは答えた。

ああ、くずのはの、とわたしも指を宙で動かして確認した。死んだ夫が、日本人は出会うとお互いに宙で字を書くとおかしがっていた行為だった。

ハーグ条約というものがある。国際的な子の奪取の民事上の側面に関する条約である。監護権のある親から同意なしに子どもを国外に連れ去ってはいけない。この条約にてらして各国機関が連れ去られた子を元の場所に戻して、その土地の法に沿って対応をきめる。

一九八三年に発効したその国際条約を、日本はなかなか批准《ひじゅん》しなかった。子どもの利益を考えない日本国内の離婚事情も相俟《あいま》って、日本に子どもを連れ去られたら二度と返してもらえないという国際的な悪評が立ち、とうとう二〇一三年に日本政府が批准して、二〇一四年から効力が発生している。

離婚を考えています、子どもは十一歳です、毎日ぐるぐる悩んでいます、とくずのはのヨーコさんはつづけた。

十五年くらい前にこっちに来て、子どもができて、こっちで暮らしてきましたけど、ここのところもう何年も、夫とは不仲で、私も離婚を考えるし、向こうも離婚を考えています、そしたら子どもをどうするかという問題になって、ほら、こっちは別れた親と定期的に会わせなくちゃいけない、私は収入が、ほんとにパートぐらいしかないから、夫が引き取るかもしれない、でも私はどうしても、子どもと離れたくないんです、この子と離れたくないのと、夫と離れたいのは、ふたつ、別のことなのにね、なんだかこの子を置いて、どこかで私が生きるということが、まったく考えられないんです、でもここにいたら、私は今やってるパートぐらいしか仕事がない、いや、大学も行ったんですよ、でも国文科だったし、夫と恋愛したのも、ほんとにただ出会ってしまったというだけで、十五年もここに住んでいるのに、まだ英語をしゃべるのに臆《おく》してしまって、しゃべりますけど、ぜんぜんうまくなくて、最低賃金のパートのような、そんな仕事しかない、こんなんじゃ子どもが養えない、保険も買えないし、車も持てないし、だから日本に帰れば、まだいいような気がする、親も年取ってきたから、そばにいてやりたい、心細いだろうなあと思うんです、それなのに私はここを動けなくて、ここで、こんな最底辺の生活をして、親のことは、心配するだけで、何もしてやれない、日本に行くのも、お金がかかる、差別なんかないっていうけど、そんなことはない、差別されてますよね、なんとなくいつも差別されてるような気がする、アジア系っていうだけで、夫とはもう、口もほとんどききません、子どもが学校に行く前に、子どもとしゃべれる、子どもが学校から帰ってきたら、またしゃべれる、それもこの頃は、英語ばっかりになっちゃって、それがほんとに寂しい、小さいときは日本語を熱心に教えたし、日本人学校にも通わせたけど、だんだん興味持たなくなって、いやがるようにもなって、やめてしまって、今はほとんど英語ばっかりで、あんまり悲しいけど、こればっかりは、でもこの子を手放すことは考えられません、この子をここに置いて、自分ひとりで日本に帰るということは、考えるだけで、くるしくて、くるしくて、胸がふさがってしまうようで、やりきれなくなる、帰る時の飛行機の中で泣いてる私とか、なんでこんなに想像ができるんだろうと思うくらい、前にやったことがあるのかもしれない、でも考えても、どう考えても、一度もやったことないんです、でも空港に夫が子どもを連れてくる、その子の顔を見やめられなくて、なんどもなんども振り返り、また振り返り、セキュリティーを通っていく、その悲しさが、なんども経験したかのように、ものすごくリアルで、想像してるだけなのに、涙が、とまらない。

ヨーコさんは一気に話した。ヨーコさんの鼻の頭が赤くなり、声がつまり、そしてぽろぽろと涙がこぼれた。

ねえ、そうですよねえ、ヒロミさん。

ここには、仕事で来た人もいるし、留学で来た人もいる、でも、私は、家族があったから、ここに来た、家族がなくなったら、アメリカに住む理由は、なくなっちゃうんです、でも、家族をつくったのが、悪いことだったみたいに、その罰みたいに、私は、ここに、家族もないのに、ひとりぼっちで、とどめおかれるんですよ。

ずっと考えてるんです、私が、あの日本人じゃない男を好きになって、日本を出て、家族をつくったのは、罪なのかなあって、あの日本人じゃない男を好きになって、それから嫌いになったのも、罪なのかなあって。

くずのはのヨーコさんとは、立ち話のまま別れた。隣のレジに並んだら、ヨーコさんの方が早く済んだ。ヨーコさんは、わたしの方をふり返り、ふり返り、日本風に何度もお辞儀しながら、店を出て、駐車場の自分の車に戻っていった。

わたし自身は日本人の前夫と別れて、子どもをアメリカに連れてきた。ハーグ条約のある今なら、どうだろう、連れ去られる側の痛みを知っているから、できなかったかもしれない。

同意はあった。親権はわたしが取った。籍は前夫の籍にとどめた。

わたしが子どもたちを連れてアメリカに行こうと考え始めたときから、前夫はそれに同意していた。それでも、最後に空港で、これから出発というとき、子どもたちを前に、人目もはばからずに、前夫が泣いたことを思い出す。残酷なことをしたと、今なら思う。そのときわたしは、淡々と、泣く男を見つめていただけだった。感傷もなかった。そこまで一気に、短絡的に、ある意味衝動的に、走っていって、追いつめられた崖際《がけぎわ》にいた。背中に赤ん坊をくりつけ、両手に子どもたちの手をにぎりしめ、眼下にはひろびろと、太平洋は、穏やかな海なんかじゃない、海は海で、少しでも手を離したら、子どももわたしも溺《おぼ》れて死ぬのだ。

それで飛びこんだ。飛ばなければならないから飛びこんだ。

泣いた父親は、それっきり子どもたちに会いに来ることもなかったし、電話もなかなかかってこなかった。わたしは子どもたちに電話をかけさせ、毎年日本に連れ帰り、父親の元に子どもたちを遣《や》った。

わたしには子どもたちと自分との関係はわかる。しかし子どもたちと父親との関係は、わたしにはわからない。わからないから、泣いた父親も、会いに来ない父親も、わたしの尺度で推し量りたくなるが、たんに関係が違う、表現が違うというだけのことなのかもしれない。

わたしは今日、ハーグ条約について調べていた。

あのフリーペーパーの人生相談に（それは日本に帰ってきてからもつづけている）、まったくあのヨーコさんによく似た相談が来たのである。

調べるうちにおもしろい記事を見つけた。あるサイトに「アメリカの市民権を持っているならアメリカ人と同様、離婚後に子どもを連れて日本など外国に旅行するのは自由です。市民権がある場合、ハーグ条約は関係ないのです」と書いてあったのだった。

おお、市民権さえ取ればいいのか、これなら、今の相談者も、あのヨーコさんも、助かるのではないか。五年以上、永住許可証を持ってアメリカに住みつづけていれば、市民権を取る資格はある。

それでわたしはさらに調べてみた。でも情報は何も見つからない。市民権を持っていればOKというのはガセネタではないか、そう思い始めたとき、あるサイトに「お問い合わせ　外務省領事局ハーグ条約室」と書いてあるのを見つけた。外務省に直接電話して聞いちゃえばいいのだった。日本に帰ってきて便利だなと思えるのはこういうときだ。電話をしてみた。

「それは違います。国籍は関係ありません。国籍はどこであれ、監護権を持つ親の同意なしに外国へ連れ去ることを防止する条約です」

これが正しい答えだった。

もう少し教えてください。この条約の目的はなんでしょう？　子どもの幸せか、親の幸せか。

「監護権を持つ親の同意なしに外国へ連れ去ることを防止するための条約です」

いやつまり、子の幸せというより、利益というのかな、それから親の利益、いえ損得勘定のことではなく、そういう言葉を使いますよね。

「監護権を持つ親の同意なしに外国へ連れ去ることを防止するための条約です」

そうですねとわたしは相づちをうち、でもその場合、住んでいた国の出身ではない方の親が、わたしの周りでは多くの場合日本人の女ですけれど、彼女たちが、その条約を守るために、その国を立ち去れなくなる、生き抜くために過酷な人生を強いられる、親という人間の幸せより、子という人間の幸せの方が優先されるんでしょうか。

「いいえ、そういうことではなく、監護権を持つ親の同意なしに外国へ連れ去ることを防止するための条約です」

そうですねとわたしは相づちをうち、あと二つ質問があるんですが、いいですか。

「はいどうぞ」

子どもが何歳までこの条約は効力がありますか。

「十六歳になるまでです」

そうしたら、十六歳まで待って離婚して国外に行けばいいのですね。

適用されるのはいつからですか、生後二か月や三か月、あるいは新生児、その場合はどうなんでしょう、そのくらいだとまだ、ここにいたら幸せ、あっちに行ったら不幸せというようなことはないと思うんですが。

「そうなりますね」

「やっぱり適用されます、親は監護権を持つわけですから、その親の同意なしに外国へ連れ去ることを防止するための条約です」

わたしは、経験者として、先を行く女として、非日本人と恋愛する若い女を見たら、意見したい。離婚するな。でないと、子どもを置いて一人で日本に帰らないといけなくなる。いや、もっと前に遡《さかのぼ》らないと。

子どもを生むな。いや、もっと前に遡って意見しないと間に合わない。女たち。異国の男と恋愛をするな。恋愛をして外国に出ていくな。

説経節「信太妻《しのだづま》」石垣りん「崖」から声をお借りしました。


この季節。梅雨の直前。日本の、熊本の、河原には、クズの葉がのたくっている。その間にまっ黄色のオオキンケイギクが咲いている。数年前はもっと多かった。外来生物法にくわしい、環境の保全に熱心な人が、特定外来生物をひどく憎んで、抜いて歩いているようだ。「オオキンケイギクを繁茂させないようにするためには、種子を地面に落とさない、もしくは種子が付く前に駆除を行うことが大切です」と九州地方環境事務所のサイトに書いてあった。それがオオキンケイギクの問題だった。

オオキンケイギクの問題

オオキンケイギクは北アメリカ原産の多年草で、一昔前は、日本のどこでも、ポット苗で売っていたそうだ。繁殖力が強く、花壇にもよく咲き、道路の緑化にも役立ち、どんな荒れ地にも適応し、道路脇《わき》のコンクリで固められた斜面にすら、いちめんに伸びて花を咲かせて揺れている。

特定外来種に指定されたのが二〇〇六年だった。それ以来、オオキンケイギクは、庭にも、路傍にも、植えてはいけない。繁茂させてはいけない。生えているのを見たら、駆除しなくてはいけない。

それで、ずいぶん駆除されたのだと思う。この河原にも、数年前はもっとあったような気がするのだ。河原のあちこちに黄色く咲きみだれているのを見た記憶があるのだ。

先日、わたしは散歩中に、咲いているオオキンケイギクを見つけたのだった。犬には土手の上でフセをさせて待たせておいて、わたしは土手の斜面を降りていった。オオキンケイギクを退治しようと試みたのだが、土手の斜面は足場が悪くて何度も転びかけ、土手の下に着いても足場は悪く、ぐらぐらとバランスが崩れたが、それでも正しいことをしているという執念で、オオキンケイギクを根絶やしにせむとした。

駆除は、思うようにいかなかった。わたしは散歩中で何の武器もツールもなく、スコップもハサミも持っておらず、それでも、ただ抜いて積み上げるとか細かくちぎるとかなら簡単だったろうが、わたしがしようとしたのはそうではなかった。

根は強く張っていて、長い茎がひょろひょろと前後左右に重なっていた。そして花は黄色く咲いていた。その花の茎、その茎の根を特定して、掘り取ることができないのだった。それで、根元のところでぽきんと折り取って、根と花のついた茎をいったん離して、花のついた茎を一つ一つ地面にならべ、根っこは爪で地中から掻《か》き出した。

このようにややこしいことをしたのも、あんまり花が黄色くて愛らしいので、どうせなら家に持って帰って花瓶に生けようと考えたからだった。

そうやって時間をかけて、一群ぜんぶを引っこ抜いたら、腕に一抱えもある大束になったが、それが思いがけず軽かった。

さすがに北アメリカの、乾き切って砂嵐《すなあらし》の吹きすさぶ平原に自生する植物だ。葉や茎に水を溜《た》めず、風が吹いたら、そのまま吹かれて宙を飛んで、種を落としながら、ひろがって、増えて咲いていくんだろう。

そうやって、オオキンケイギクを抱えて家に帰り、枯れた花殻をたんねんに切り落とし、大きな花瓶に投げ入れてみたところ、たいへん野趣にあふれる花ができた。

そしてそれからわたしは、オオキンケイギクについてもういちど調べてみたのだった。するとあろうことか、例の九州地方環境事務所のサイトに「生きたまま移動させる、保管するなどの行為が禁止されています」と書いてある。

つまり種子を地面に落としてはいけない。種子ができる前に駆除を行わなくてはいけない。生きたままの運搬はしてはいけない。根から抜いた個体を天日にさらして枯らす、または、袋に入れて腐らせるなどの処置をした後に移動させなければいけない。

つまりわたしは、環境に誠実であろうとして、まさに、禁止されてる行為をしちゃったわけだった。

しかたがない。種も花粉も散らさぬように、そうっと袋をかぶせて、きつく口をしばり、生ゴミの日に出すしかない。生ゴミに、切り取られたばかりの、水差しに入れれば何日も咲きつづける花を……と考えると、その運命が哀れでたまらない。

北アメリカの平原に生えていたときは満ち足りていたのである。生態系の中の役割もちゃんと果たして、風景の中に溶け込んでいたのである。それが遠く離れた日本に来てみれば、侵略者、獰猛《どうもう》で邪悪、殺し尽くさなければならぬと社会からみなされて、こんな扱いを受ける。あたら咲いて、人に憎まれる。

途中下車をしに

行きも帰りも、わたしはワルシャワで途中下車したのだった。行きはある程度調べていった。会うつもりの友人とは、メールでおたがいの連絡法を交換し合ったし、成田でチェックインするときに、トランジットで空港の外に出られるかどうか、航空会社の人に尋ねてもみた。

大丈夫です、出られますよとその人は答えた。

追いつめられた人間がただひたすら移動していくように、わたしは、移動するのをやめられないのだった。

今は一週間のうち、月火水木と東京にいて、木金土日月と熊本にいる。その行き来はすっかり定着したと思っていた。去年までは、太平洋のあっちとこっちの行ったり来たりを二十年以上続けていたのだから、熊本東京間の行ったり来たりなんてちょろいと思っていたのだった。ところがちょろくなかった。そういう暮らしを始めて一年と数か月、六月半ばに新潟に行った頃から、行き来が滞るようになった。滞らせたいと思ってはいなかったが、なんだかむやみに人前で話す仕事を入れた。それで熊本にいちいち帰らなくてよくなって、ああ楽だと思った。それがたびかさなった。その分、移動はますます多くなり、時間の余裕がなくなり、身体的にも、精神的にも、さらに追いつめられていったのだった。

人に会ったり、人前で話したりするのはぜんぜんOK、いくらでもこなせると思ってきたけど、それもまたストレスには違いなかった。

気がかりなのが犬のことだ。新潟に行くのは土曜日だったから、その週は熊本に帰れなかった。犬はずっと愛犬教室に預けることにした。その次の週も土曜日に人前で話す仕事が入っていたので、熊本に帰るのは日曜日、月曜日には熊本を出て、早稲田の授業も休講にして、ロンドンに行く予定だった。それで犬は愛犬教室に預けっぱなしにすることにした。さいわい愛犬教室の先生はシェパードが大好きで、ホーボーもかわいがってくれて、「もし預かっている犬たちから一匹を選ぶのならこの子にしますよ」とまで言ってくれる。

新潟行きは、遠回りをした。新幹線で名古屋に行って、飛行機で新潟に行った。新潟から高速船で佐渡に渡って一泊し、また新潟に戻って、新幹線で東京に戻った。

名古屋には、ある劇団の公演を見に行った。東京公演のチケットは手に入らなかったが、名古屋公演のは手に入った。名古屋には父の生家があったから、子どもの頃から何度も行った。実は何も知らないのに、なんだか知らない土地の気がしないという事情があって、思わず、名古屋公演のチケットを買ってしまった。

名古屋に行って、公演を見て、名古屋駅に戻って、ミュースカイの乗り場に行って、中部国際空港に行って、そこから新潟に飛んでいった。

佐渡行きは、新潟の話を引き受けたときから考えていた。子どもの頃から、母方の祖父が、昭和の初期に佐渡に金鉱掘りに行ってヨイヨイになって帰ってきた、その後、お祖母《ばあ》さんがヨイヨイの夫と大勢の子どもを抱えて苦労したという話をずいぶん聞かされた。それでつねづね行ってみたかったから、いい機会だと思った。ところが、そこから旅が止まらなくなった。

新潟から東京に戻った週の週末には、講演が二つ重なった。東京の西の方へ行った。そこで一つやって、さらに西の方へ行った。ふだんは乗らない私鉄をいくつも乗り継いで行った。四十年くらい前に恋人が住んでいて、何度も降りたことのある駅を通過した。そこで二つめの講演をして、それから、いつも泊まっている都内の友達の家には戻らずに、夜遅く空港に着いて、空港のホテルで眠って、早朝の便で熊本に帰ったのだった。道行きだった。

ホテルの部屋にたどり着いて、誰とも話さずに、ただビールを飲んで眠った。いつも泊まっている友達の家では、彼女の作る食事と、会話と、彼女の吸う煙草《たばこ》のけむりがあった。そういうものが何にもなくなって、ただビールだけがあった。あの厭《いと》わしかった煙草のけむりさえ、そこに無いのが足りないように感じた。それもやっぱり道行きだった。

翌週、わたしはロンドンに行った。ロンドン大学のNさんにワークショップに呼ばれ、何か月も前から、やりとりをしながら、飛行機のチケットを取ってくださいと言われていた。わたしは、このロンドン行きのついでに、ダブリンに寄りたいと思っていたのだった。アイルランド文学のTさんが、今、たまたまダブリンにいる。Tさんの見る目でダブリンを見てみたいと思っていたのだが、ダブリン行きの飛行機やらダブリンの宿やらを悠長に探して予約している時間がなかった。身体《からだ》の止まっている時間が少しでもあれば、コンピュータの前に座って書く仕事をしていないと、何も進んでいかなかった。それもまた、わたしにとっては道行きだった。

Nさんからときどきメールが来た。わたしはロンドン行きのチケットを早く取らなくちゃと考えていた。ロンドンならブリティッシュ・エアウェイズが便利だとNさんに教えてもらったが、調べてみると、それはスターアライアンスに加盟してないのだった。複数の航空会社が提携して利便をはかる。そういう制度である。

EU発足が九三年。

スターアライアンス発足が九七年。

わたしが子連れでアメリカに渡って、太平洋を行ったり来たりし始めたのも九七年。しばらくして、ユナイテッド航空のマイレージをため始めた。母が入院し、父が独居し、かれらに会いに頻繁に行き来していた頃、ユナイテッドのゴールドメンバーに成り上がった。今は、熊本東京を行き来しているから、全日空のゴールドメンバーに成り上がっている。ユナイテッドもANAもスターアライアンスに加盟していて、これがたいへん重宝である。エコノミークラスなのに優先搭乗させてくれる。ラウンジも使わせてくれる。そこには安定したネット環境があって、仕事ができるし、ビールも飲める。その利便を得られないまま、初めて乗るブリティッシュ・エアウェイズのエコノミークラスの一旅客として空港を渡り歩くのかと思ったら、なんだかとってもおっくうで、ぐずぐずと決められずにいるうちに日が過ぎた。しかしNさんとの約束があるから、ひきつづき、わたしは調べていたのだが、ポーランド航空《LOT》が、スターアライアンスに加盟していて、成田からワルシャワ経由で、ロンドン直行便と同じような値段でロンドンに行けるのを知った。

一九八二年、ポーランドに初めて行ったときにはKLMだったし、一九八八年に行ったときにはエールフランスだった。あの頃はスターアライアンスもなかったし、LOTも日本に飛んでいなかった。ワルシャワからヨーロッパの各都市には飛んでいて、「機内食にハムが出た、あれは西側に見栄《みえ》を張ってるのだ」とポーランドにいた日本人たちが噂《うわさ》していた。当時ポーランドの国内で、ハムは滅多なことでは手に入らなかったのだった。

ぐずぐずと、LOTのことを考え始めた頃になると、ダブリンは無理だということがわかってきた。早稲田の授業は一週しか休みたくなかった。それでダブリンはあきらめて、ワルシャワ経由でロンドンに行こうと考え始めた。

ワルシャワに友人がいる。もう二十数年会ってない。ヨーコと呼びたいが、さすがにヨーコじゃない、仮にヨランタと呼ぼう。ポーランド語のヨはJOで表す。

去年のことだ。「ヨランタが死んだそうですよ」と熊本の知人がわたしに言った。「伊藤さん、何か知りませんか、どうして死んだか、ハーニャはどうしたのか」

もう何十年も連絡を取っていなかったし、思い出すこともなかったヨランタだった。でも死んだと聞いた瞬間、自分の身体の後ろ半分がざっくり削《そ》がれたような気分になった。

ヨランタは長い間熊本に住んでいたから、共通の友人が何人もいた。わたしがカリフォルニアに移住した後、しばらくの間は、娘のハーニャと二人、空き家になったわたしの家に住んでいた。

わたしはいろんな人にヨランタのことを尋ねてみた。わたしの前夫（彼もまた共通の友人だった）にも尋ねてみた。でも消息はつかめなかった。しばらくして、わたしはFacebookにハーニャのアカウントを見つけた。日本人の父親の名字を名乗っていたので間違えようがなかった。小学校一年まで日本に住んでいた子だが、そしてたぶん今も日本国籍を持ってはいるだろうが、七歳で日本を離れて、二十いくつになった今、日本語の読み書きができるとは思えなかった。それでわたしは、ポーランド文学が専門の前夫に頼んで、彼女のページにポーランド語で書き込んでもらったのだった。「『こんにちは、私はお母さんの古い友人です。お母さんは元気ですか』と書いてみた」と前夫からメールが来た。「さすがに、お母さん死にましたかとは書けなかった」

ヨランタは生きていた。

それからすぐに、ヨランタからメールが来た。そのとき、別に、ものすごくうれしいというのではなかったが、ただ、わたしの身体の、後ろ頭から背中のあたりが、思いっきり息を吐いて安堵《あんど》した。その感覚をはっきり覚えている。

ワルシャワで途中下車してみようと考え始めたとき、わたしはヨランタにメールした。

「あえる？　空港にこられる？」

ヨランタはローマ字で返してきた。

「いくいく、ぜったいいく」

わたしはワルシャワに一泊しようと考えた。

一泊してヨランタの家に泊めてもらって、一晩しゃべってそこを発《た》とう。今はビザなしで入れるはずだ。

一九八二年、わたしはビザを取るために、恵比寿《えびす》駅からポーランド大使館に歩いて行った。戒厳令中だったから、他に渡航者もいなくて、ビザを取るのも予約が要った。予約していると伝えると、大使館の閉まった門も、領事部の閉まった窓口も、そのためにわざわざ開いた。でも今ならば、ビザなしで入れるはずだ。

LOTのチケット、取らねば取らねばと考えながら日々が過ぎた。前はもっとなんでも素早くやっていたのに、早稲田で教えはじめてから、あまりの忙しさに何もかもが押せ押せになってこのざまだ。なにしろ毎日学生の詩や小説やエッセイが何十篇と送られてくるし、三百人いる学生の悩みには毎週真摯《しんし》に向き合わねばならないのだった。

Nさんから二回ほど催促された。「ごめんなさいやりますやります」と返信しているうちに、日が過ぎた。

そのうちNさんから、ぽんと膝《ひざ》を叩《たた》くような明るい調子で、「こっちで買いますから日時だけ知らせてください」とメールが来た。（長く息を吐いて）助かったと思った。

Nさんに日時を知らせると、たちまちLOTから旅程表が送られて来た。「ありがとうございます」とNさんにメールをした。旅程表はダウンロードして、コンピュータのデスクトップに置いたが、開いて吟味する余裕がなかった。Tさんから、「ダブリンに来るのはどうなりました」とメールが来た。「ごめんなさい行かれなくなったのにお知らせしないで」と返信した。そんなこんなをやってるうちに行く日が迫り、ヨランタから、「いつくるか」とメールが来た。わたしはヨランタに旅程表を送り、自分でも旅程表を、ゆっくり確認した。そしてあっちゃーと思ったのだった。どうも、間違った日にちを、Nさんに伝えたのだった。旅程表によると、わたしがワルシャワに一泊する余裕はまったくなかった。行きの火曜日に五時間、帰りの土曜日に三時間、トランジットの待ち時間があった。

ヨランタから「わたしはボスにくびにされてもいいから、かようびに空港にいく、ながくはなせる」とメールが来た。

「くびになったら困るから帰りに会おう」と返信すると、「うそうそ、くびにはぜったいさせないから、あんしんして」と返ってきた。

それでわたしは、ヨランタがボスにたやすく首にされるような職場で働いていることと、それでも彼女なりの場所を得ているらしいことがわかったのだった。

わたしは、一九八二年にヨランタと知り合った。彼女はワルシャワ大学の日本語科の学生で、ヨランタの夫はその同級生だった。わたしの前夫は一九八一年からワルシャワ大学に留学しており、一年遅れてワルシャワに行ったわたしは、ワルシャワ日本人学校の現地採用教員だった。

その頃、ポーランドは社会主義体制の末期で、体制に反対する人たちが立ち上がり、暴動がさかんに起こっていた。戒厳令になって、日本人はワルシャワ全体で百人ほどしかいなくなった。それでみんなが知り合いで、官も民も一体になってムラ社会みたいに生きていた。

十二人しか生徒のいない日本人学校が、現地採用の教師がほしいと言い、当時の留学生はピアノ科ばかりで、国語科の教員免許を持つ者は一人もおらず、そのときワルシャワ大学の留学生が、東京にいるぼくの彼女が適任だと言い、その頃ワルシャワ大学にいた東大のY先生や日本大使館の職員や、所長しか残っていなかった商社の人々が、みんなで緊密に、意を尽くして、ビザの発給に向けて努力してくれたんだろうと思う。そしてそれが、わたしにとっての初めての外国だった。

春の時間が替わる日だったのは覚えている。それでウィーンでの乗り継ぎがぎりぎりになり、事情を知らないわたしは懐《なつ》かしい恋人に会えたことで胸がいっぱいになっていたが、迎えに来た彼はただ焦《あせ》っていて、わたしの手をつかんでひきずりながら飛行機に走り込んだ。

戒厳令だったから、ポーランドには、ウィーンからしか入国できなかった。それでKLMで、成田発アンカレッジ回りアムステルダム経由、ウィーンで乗り換えてワルシャワのオケンチェ空港まで。片道切符だった。

わたしがワルシャワに着いて、最初に見たのが、空港から市内に行く道だった。それはまったく、今までに見たことのない光景だった。

春の光はとても薄くて、地面や木々はまだ冬のまんまだった。大きな建物は灰色で、商店らしい窓や入り口は閉じていて、素朴な看板がひっそりとかかっていた。戦争で壊された塀や壁があちこちに残っていた。建物に入ると、今まで嗅《か》いだことのないにおいがした。煙草のにおいも洗剤の香料も人の体臭も、日本のものとは違う、その嗅ぎ慣れないにおいが混じり合っているんじゃないかと、少し経《た》った頃に考えた。

暮らし始めて、肉や砂糖は配給券で買わねばならないということを知った。牛乳や発酵乳は町の乳製品屋で、野菜や卵は八百屋で買えることも知った。夏にはいろいろな野菜が出回ったが、冬には根菜類しか買えなくなった。毎日ポーランド風のスープと黒パンを食べるような食生活なら、つましくてもなんとか暮らせたのだろうが、前夫もわたしも、日本的な食生活を維持することしか知らなかったから、おそろしく不自由だった。

日本人はみな不自由していた。当時は、東側と西側でお金の価値が大きく違っていたから、日本人は誰もお金に困っていなかった。前夫とわたしは、日本人の中ではいちばん貧しい、月給五百ドルの現地採用教員とポーランド貨で奨学金をもらう留学生のカップルだったが、それでもお金には困らなかった。ただ買う物がないだけだった。

大使館が地下室を月に一度開放してくれて、ベルリンから日本食屋がやって来た。注文票に書き込んでおくと次の月に品物が来るのだった。生協の受け取りみたいに、いや話に聞く戦時中の配給物資みたいに、日本人たちがわらわらと大使館の地下に集まって、食べ物をより分けて受け取った。外に出れば、そこの社会も配給券で回っている社会だったが、みんなお金を持っていたので、配給券に頼って買い物をしていたのは、わたしたちと、それからわずかな留学生たちだけだったと思う。

あるときインスタントラーメンを箱で買ったら、賞味期限の切れたものが来た。黙って食べたが、同胞に欺《あざむ》かれたという経験が、なんともいえず、侘《わ》びしかった。前夫はときどき闇市《やみいち》に行って、肉や白くて甘いパンを買ってきた。

一年ちょっと住んで、わたしたちは日本に戻った。それから数年して、ヨランタは夫と離婚して一人で熊本に留学に来た。しばらくして日本人と結婚して混血の子どもを生んだ。子どもは未熟児で生まれて障害が残った。夫婦はやがて離婚した。ヨランタは障害のある子どもを抱え、仕事もなくて、苦労しつづけた。そのうちに、わたしも前夫と離婚して、新しい男との間に、混血の子どもを生んだ。そしてカリフォルニアに移住した。

ヨランタは熊本に住みつづけた。それでわたしは、熊本に帰るたびにヨランタに会い、二人の混血の子どもを遊ばせた。

二人とも、女の子で、同じような髪の色をして、顔立ちも似通っていた。DNAで似ているというのではなく、もっとざっくりとした共通性だ。

うちの混血児には異父姉がいたが、それは純粋なアジア人だった。子どもたちがみんなで遊んでいるとき、ぱっと見に、よく似てるな、姉妹かなと思えるのは、血のつながらない、年の近い、二人の混血児たちなのだった。

Via Dolorosa

名古屋には劇団四季の「ジーザス・クライスト・スーパースター」の公演を見に行ったのだった。その公演については、がっかりしたので語りたくない。でもなぜ見たかったのかということなら語れる。ちょうどその頃、わたしのＪＣＳ心が燃焼中であったのだった。

おっと先を急がずに、順序よく。

早稲田では「短詩型文学論」というクラスも教えている。これは百人を超える大きなクラスで、さまざまな短詩を紹介して説明するというのを前任者はやっていたのだと思う。それを学生も期待していたと思う。しかしわたしは初めから逸脱した。春学期は詩のはじまりを、秋学期は説経節の道行きを語ろうと思った。

春学期は、まじない、のろい、北米先住民の口承詩、記紀歌謡、そんなあたりから始めて、アメリカ南部のバプティスト教会でとつぜん歌い始めた老婆《ろうば》の動画で終わった。

秋学期は、最初の日に「ロードムービー、ロードノベル、ロード漫画、考え得るかぎり、どんなのでもいいから」と課題を出したら、「スタンド・バイ・ミー」「奥の細道」「ONE PIECE」「鋼《はがね》の錬金術師」などのスタンダードな中に、「津軽」や「檸檬《れもん》」が出てきた。

「『戦艦ポチョムキン』のオデッサの階段」と書いた学生もいた。

「病牀《びょうしょう》六尺」と書いた学生もいた。これには心底驚いた。

「ジーザス・クライスト・スーパースター」と書いた学生もいた。

それでわたしのJCS（**Jesus Christ Superstar**）心に火がついた。

JCS心が、わたしにはある。最初に見たのは七三年、それ以来ほぼ十年にいっぺんずつ、JCS心が燃え上がる。そのたびに見てきた。VHSだったのがDVDになりデジタルになった。二〇〇〇年にも二〇一二年にも新しいJCSが作られた。それをぜんぶ見てきた。

わたしは大学生で、孤独で不安で摂食障害で、東京の資本主義のど真ん中で、戦地の子どものような飢えにさいなまれていた。ある日、「ジーザス・クライスト・スーパースター」を、新聞の映画評を読んで見に行った。駅から映画館に向かって歩いていたら、橙色《だいだいいろ》の衣のハレ・クリシュナの人に声をかけられた。いえーと断って歩きつづけたのだが、追いすがってきた。よほど立ち迷っているように見えたんだろう。

映画には、冒頭からうち震えた。ジーザスはやせた小さい男だった。威厳にみちあふれ、不機嫌で、弟子たちを怒鳴り飛ばし、神をののしっていた。ユダは黒人だった。ユダが黒人であることがとても衝撃的だとその映画評には書いてあったのだった。長い手足を振り回してユダは嘆いていた。

マリアは日系人だった。それも映画評に書いてあった。そしてそれだけで、わたしはこの話を、当時の自分や、自分の生きることに、つないでいけるような気がした。登場人物はみんなヒッピーだった。わたしは少々遅れたが、こんなにいじましく飢えているが、それでも心がけはヒッピーのつもりでいた。

そういうわけで、秋の初めに、学生のひと言で、ＪＣＳ心が再燃したのだった。

わたしは、七三年版も、二〇〇〇年版も、二〇一二年版も、映画で見られるものはぜんぶ、日本のアマゾンのデジタルで買い直した。二〇一八年版はプライムのストリーミングで見られた。それから見つづけた。

YouTube にはいろんな国のいろんな時代に演じられたＪＣＳがあった。片っ端から見たおした。どこかの高校の文化祭でやったのまで見た。七三年版でイエスを演《や》った男がガンダルフみたいに年取ってゲッセマネを歌うのも見た。秋が深まり、冬になり、クリスマスが過ぎ、パスオーバーが過ぎ、イースターが過ぎた。その頃になったら、さすがに見なくてもいられるようになった。

わたしのいちばん好きな版は、二〇一二年版。七三年版はヒッピーで、二〇〇〇年版はゲイのコミュニティだった。そして二〇一二年版は、大きなアリーナでやった公演を収録した映画で、人々の動きも、ダンスも、今の自分にいちばん近かった。つまりズンバだ（わたしはズンバというダンス系エクササイズにはまり抜いている）。少し練習すれば踊れるかもと思ったくらいだ。

舞台は階段でできていた。

階段を登ったり降りたりして、イエスとユダが、マリアが、カヤパやアンナスが、生きていた。イエスとその人々は抵抗する活動家集団という設定で、ユダは金髪のドレッドヘアで、髭面《ひげづら》で、腕には刺青《いれずみ》、Tシャツにジーンズ、ワーキングブーツ、イエスは白シャツが清々《すがすが》しく痛々しかった。カヤパは金融街の人々のような高級スーツ姿だった。

ユダは階段を降りてきて、人々の中心にいるイエスにつっかかり、イライラし、目をくるりとまわしたり肩をすくめたりした。

ユダは階段を降りてきて、カヤパのところに行き、登ったり降りたりしながら逡《しゅん》巡《じゅん》し、ゆっくりと階段を登って「木曜日の夜、みんなから離れたところにいる。ゲッセマネで」とつぶやいた。

階段の下で、マリアとペテロが「あなたを見るために生きてきた」を歌っている間、ユダは階段の真ん中にうずくまり、悩み苦しみ、階段を駆け降りて、カヤパを殴り、「彼（ジーザス）をどう愛していいかわからない」と切々と訴えて、階段を登って、首を吊《つ》って死んだ。

作曲はロイド・ウェバー。ヴェルディなんかに比べたら、ものすごく単調だ。マリアとペテロの二重唱だって斉唱のようなものだし、マリアが「彼をどう愛していいかわからない」と歌い、ユダが「彼をどう愛していいかわからない」と歌う。それが同じ曲だ。寺で商売する人の声とイエスに助けをもとめる病人の声も重なる。イエスの声とピラトの声も重なる。何もかもが、何もかもに、重なる。同じ主題がくり返される。

そこから何を聴き取りたくて、そんなに何度も、ほんとに何度も、くり返しくり返し聴いているのか、わたし自身にもわからないのだが。

イエスが死刑宣告を受け、十字架を負わされ、その下に倒れ、立ち上がってまた歩き出し、十字架に釘付《くぎづ》けされる。

その道行きの間じゅう、死んだユダが戻ってきて、「ジーザス・クライスト、あなたは誰で何を犠牲にしてきたのか」と歌う。それはどの版でも同じような演出だった。

二〇一二年版では、イエスが階段の下で引き回され、釘付けられる間、ユダが、例の階段を、登ったり降りたりしながら、楽しそうに、また、にくにくしげに、踊りながら熱唱した。そしてついにイエスは釘付けられ、十字架のまま、階段を上まで運びあげられ、十字架は立てられ、イエスは、両手を広げて、ぶら下がった。それを階段の下から、ユダがみつめていた。


地下鉄の大門《だいもん》駅に階段がある。

浅草線の大門駅と大江戸線の大門駅は一つの構内にあり、改札を出て、地上に上がって数分歩けば、JRの浜松町駅、モノレールの浜松町駅に行き着く。

改札を出て、「浜松町駅」という表示にしたがって歩いて、エスカレータ、エスカレータ、もう一つエスカレータ、あと一息で地上、というそのときに、エスカレータが途切れる。階段だけになる。階段がある。

エレベータは実はある。しかし奥まったところにあるから、知る人ぞ知る。知らない人は気づかずに行き過ぎる。

東京に入るときにはモノレールに乗って浜松町に着き、ここを降りて地下鉄に乗り換える。でもだから、東京から出て行くときにも、ここを登ってモノレールに乗って羽田まで行こうとして、わたしはここを通るのだった。本とラップトップの詰まった荷物が肩に食い込んだ。それは日増しに重くなった。世間の人の重みをぜんぶ背負ってしまったように重かった。そのあげく、めりめりと荷物ごと地球にめり込んでいくような気さえするのだった。

それでこの頃は、背負うのをやめて、キャリーを曳《ひ》く、ときに押す。それでずいぶん楽になるはずだったが、視覚障害者用の誘導ブロックがあらゆる通路に埋め込まれている。そこに乗りかかるとキャリーが浮いて手首がねじれる。避けようとして、別の方向に、手首や、親指のつけ根が、さらにねじれる。今では、重たいものを持ち上げることもできなくなった。

地上に出たら、舗道の上を転がしていく。しかしそれもわずかな距離で、モノレールの入り口に着くと、そこにはさらに階段が幾折にもつながって、上へ、上へと、つづいているのだった。ここにもエレベータはあるが、あんまりにも小さくて、もっと高齢の、もっと大荷物の、もっと不自由な人が乗らねばならないと思うと、乗るのがはばかられた。

ときどきわたしの脇で、階段だけになることを知らずにそこにたどり着いた外国人が、立ち止まって、はるか向こうの東京の空を見あげている。それから、観念したような表情で、息を吐くと、特大のスーツケースをむんずとつかんで、身体を反らせ、歯を食いしばり、顔をまっ赤にして、上へ、外へと運びあげていくのだった。

三年前に死んだ夫は死ぬ前の数年間、足腰が衰えて、車椅子《くるまいす》だった。ただ歩けないというだけじゃなくて、痛みにさいなまれていた。

「全身の関節という関節が、離れて行けとおれを責め立てているように痛むのだ」と、あるとき、夫が言っていた。「それを堪《こら》えて、生活をつづけようとしているのだが、痛みがMAXになり、もうこれ以上動けなくなったときに、おれは立ち止まるのだ」と。

万が一、ここに夫を同道したらどうするかと、わたしは、夫なんかまったく影も形もなくなった今になっても、シミュレーションをくり返している。そしてどこか、たとえば、大門駅から浜松町駅に歩くときなど、夫ののしり、うめき、あえぎ、そういうものが耳元で聞こえるような気がする。

夫にとって、なにより辛《つら》いのは、飛行機のドアから搭乗口に出るまでの通路だった。長時間のフライトで関節はすっかり固まっている。そしてその通路は、若い人なら気がつかないくらいの上り坂になっている。夫は途中で立ち止まり、壁にもたれて、あえいだ。また歩き出し、また立ち止まって、あえいだ。そんなことが何回もあった。それで、チェックインするときに、車椅子を頼むようになった。

そういうサービスがある。航空会社の職員が、飛行機のドアの外に、車椅子を携えて待っていてくれる。夫はそれに乗り込んで、出口まで、あるいは次の搭乗口まで、押されていくのだった。

押す職員は、たいてい移民たちだった。ある空港では、どこから来たのかまったく判《わか》らない顔の男が押した。白人でないことだけは判った。ある空港では、わたしより背の低いアジア人の女が、夫の車椅子ともう一台（それにも人が乗っている）、二台の車椅子を、両手で同時に押しながら駆けていった。わたしは後ろから必死に追いかけた。

職員たちはＩＤをかざして閉じられたドアを開け、一般の旅行者が見たこともない裏道を通った。わたしはその後をただ無言でついていくのだった。

壁の裏をすり抜け、建物の脇を通り抜けた。明かりもない通路をただ歩いた。車椅子の軋《きし》む音がひびいた。壁の後ろに埋め込まれたエレベータを使って、地下に降り、さらに降り、それから上に登った。職員がＩＤをかざすと、壁が開いた。そして突然、わたしたちは全員、次の待合室に出た。振り返ると、わたしたちの出てきたのは、ただの空港の壁だった。通路など、どこにもなかった。ふんだんに光の入る場所だった。さまざまな人々がさまざまに歩いていた。夫からチップを受け取って、くるりと後ろを向いた職員はＩＤをひらめかせ、次の瞬間、壁の中に、からっぽの車椅子ごと見えなくなった。

ポロネーズ、もう大丈夫

　ロンドンからの帰りに、わたしはもう一度ワルシャワに立ち寄った。こんなことは今まで経験しなかったことだ。外国に入国するときには、いつだってそれなりの覚悟とそれなりの準備が要った。それがこんなふうにふらりと、新潟に行く途中に名古屋で途中下車するみたいに。

　飛行機がワルシャワに着いたときに、わたしはヨランタにメールをした。

「いま **Warszawa** パワつくるトゥりで会わない？」

　パワつくるトゥり、カタカナも出なかったし、ローマ字で書こうにもスペルを知らなかった。

「もうあえないと思った。どうして **Palac Kultury?**」

「空港からひとりで行ける」

わたしは両替所で一万円両替した。案内所は無人で、電話があり、英語を選んで電話をすると、人が応《こた》えた。

Centrum（中央）に行くには何番のバスに乗るのですか。**Bilet**（切符）はどこで買うのですか。

Bilet は、三十五年前に覚えた最初のポーランド語だった。前の夫から口うつしで教えられた。**Sto bilety Proszę**「きっぷをひゃくまいください」と言って手に入れた切符の束から、毎朝、一枚ずつはぎ取って、バスに乗って職場に向かった。

そして今は、電話の向こうの人が、わたしが英語の中にさしはさんだポーランド語もちゃんと聴き取ってくれて、的確に、切符の買い方と乗り方を教えてくれた。そして切符は、機械で、カードで買えた。三十五年前ならまごついておどおどしただろうが、あれからわたしは英語に関して、血のにじむような、いや、ほんとに血だらけになって苦労してきたから、こんなことも平然とできる。

中央へ向かうバスからの風景は、行きにヨランタと乗ったタクシーから見た風景とは全然違った。頼る人のない風景は違った。三十年前に見た風景ともぜんぜん違った。三十五年前の風景とも違った。三十五年前、わたしは熊本の免許センターで運転免許を取ったその足で国際免許課に行って、応対した職員に「やめたほうがいい」と真顔で言われながら国際免許を取り、その数日後にポーランドに出発した。夫がワルシャワ大学で一年間教えることになり、前任者の車を譲りうける予定だった。

それがポロネーズ。性能のいい車だった。

免許取りたてなのをワルシャワ大学の夫の同僚たちが知って怖《おそ》ろしがり、最初のうちは、ある同僚の夫が指導係としてつきそってくれることになった。それでわたしは、隣に、巨軀《きよく》の、日本語も英語もしゃべらないポーランド男を、そして後部座席には夫を乗せて、公道に出た。

公道を運転した経験は仮免のとき以来だったし、そのときは必ず隣に教習所の指導員がいた。右側通行が慣れないだろうと思ったが、運転そのものに慣れてなかったのだから、たいした違いじゃなかった。そして案の定、路上で何度も怖ろしい目に遭った。大きな交差点で左折しようとしたら（右側通行だから日本の右折にあたる）直進車が猛スピードでつっこんできて、隣に座った指導係が声にならない声をあげた。後部座席で夫がわめいた。怖ろしい目に遭うたびに、日本の教習所はダメだ、何も教わってないじゃないかと指導係がポーランド語で言った（と後部座席の夫が通訳した）。

二日目の夕方、わたしは指導係に黙って道に出た。誰にも監視されずに走るのは初めてだった。羽が生えて空を飛んでるみたいに自由だった。疾駆した。家に帰って、高揚したまま、指導係に電話をかけ、「もう大丈夫」と言った。彼は何かしきりに言っていたが、わたしは「もう大丈夫」しかポーランド語で言えなかったので、会話にならなかった。

それからまずやったのは、夫と子どもたちを乗せてショパンの生家まで走ったことだ。市内から一時間くらいで行けて、車の通りの少ないまっすぐな道だった（当時は）。それからワルシャワ中を走り回った。

何もなかったかというと、そうでもない。道で追突事故を起こして、多額の賠償金を支払った。ワルシャワ大学の夫の同僚をひき殺しかけたし、別の同僚の車に追突もした。郊外の道で飛び出してきた犬をひき殺した。田舎道で鹿《しか》にもぶち当たった。兎《うさぎ》などはもうおびただしく。

オシフィエンチムには数回行った。ルブリンのマイダネクにも行った。トレブリンカにも行った。これはワルシャワから日帰りできた。

ソ連との国境近くにある修道院にも行った。国境に近くなると人家がなくなり、こうのとりの巣が多くなった。やがて「国境、気をつけろ」という立札に行き当たり、その向こう側に銃を持ったソ連兵が歩いているのを見た。ワルシャワに戻る道で、対向車線を走っていた巨大なトラックが中央線をはみ出してつっこんできた。それは、ただの居眠りだったと思う。

冬になったらガソリンが不足して、ガソリンスタンドの前に列を作ってガソリンを買った。停車中にはエンジンを切るから、車の中はおそろしく寒かった。何台もの車が音もなく停車し、エンジンをかけて前進し、またエンジンを切り、またかけてをくり返した。自分の番が来て、外に出て、従業員の手元をみつめていると、ガソリンが泡を立てて、地球の自転と同じ方向へ回りながら注ぎこまれていったのだ。昼間の行列は夜より長く、わたしは、夜間営業のガソリンスタンドを探して、むだな走りをくり返した。そういう運転は家族を乗せずに一人でやった。爽快《そうかい》だった。

ポロネーズは日本へ帰るときに置いていった。ＬＯＴでモスクワへ行き、そこで東京行きアエロフロート便に乗り換えたとき、五歳だった子どもが日本語で叫んだ。感に堪えぬように。

「おかあさん、日本人がいっぱいいる」

日本に帰り着いた途端に、この子も、下の子も、ポーランド語を潔《いさぎよ》く忘れた。下の子は三歳で、わたしに向かって「もうポーランド語はしゃべらない」と日本語ではっきり宣言したのだった。

ポロネーズは、空港までわたしが運転していき、夫の同僚が運転して帰ったのだった。同僚が彼の家にたどり着いてエンジンを切ったら、それっきりエンジンがかからなくなって廃車にせざるをえなかったそうだ。車、女に忠節を尽くす縁とかなんとか、日本霊異記《りょういき》や今昔物語集にあってても不思議じゃない話だった。

この名前は、もちろんあのポーランドの踊りから来ている。ショパンの曲は**Polonaise**、フランス語で書くのに、この車は**Polonez**、ポーランド語で書く。それがごつごつと無骨に響いた。今の路上にはもう走っていない。ポーランド製のフィアットも、東ドイツ製のトラバントも、もう走っていない。チェコ製のシュコダはまだ走っている。あとは、ヨーロッパのどこかの国々と変わらなくなっている。

文化宮殿《パワツ・クルトゥールイ》は今も変わらず荘厳《そうごん》だった。周囲は資本主義に染まったのに、ここだけはスターリンに贈られたときのままだった。花たばを売る老婆たちも、昔のまま厚着して、そこここにしゃがみこんでいた。昔からいる老婆たちだったけれど、同じ人のはずがない。もしかしたら、かれらはわたしと同世代で、ただ「昔のポーランド」を演出するために、わざわざ昔風の重たいコートを着て、昔風に背中を丸めてしゃがみこんでいるんじゃないかとわたしは考えた。

バスを降りたところで、ヨランタとハーニャがわたしを待っていた。

「ポーランドから帰ってから、何度も何度も文化宮殿の夢を見た」とわたしは言った。「**Palac Kultury** の夢みてどうする」とヨランタは笑って、ハーニャにそれを訳して聞かせた。ハーニャも笑った。

腕を振ったら、宙に浮かんだのだ。最初は木を飛び越すくらいしか飛べなかったが、やってるうちに、家の屋根を飛び越し、建物を飛び越し、しまいには何時間も空を飛んだ。そうしてきまってパワツ・クルトゥールイの上を飛んだ。ポーランドから帰ってからだった。そんな夢を見はじめ、見つづけて、ワルシャワの町を、上から見つくしたのだった。

セルニクを食べようとわたしが提案し、「スターバックスならあるけど、でもヒロミはいやだろう?」とヨランタが言った。日本人の男と住んでいたときの記憶が沁《し》み出してくるような言葉遣いだった。「中央駅の近くにセルニクの食べられるところがある」とヨランタが言った。

昔、駅の構内に食堂があった。殺風景で、愛想がなくて、社会主義然とした食堂だった。たしかにあそこなら昔ながらのセルニクが。

発酵してない白チーズで作る。

マッシュしたジャガイモとサワークリームのたっぷり入った。

四角くて、ほろほろとして。

甘くて酸《す》っぱいケーキが。

あるに違いないとわたしも思ったのだが、行ってみたら、なんとそこは、熊本にもカリフォルニアにもあるようなショッピングモールになっていて、ヨランタもハーニャも顔色ひとつ変えずにその中に入っていき、H&MやZARAやスタバの並びのケーキ屋の前に立ち止まり、「ほら」と指さした。

セルニクがあった。資本主義的に小ぎれいに作られた、「cheesecake」みたいな「sernik」だった。

そこから空港までバスで戻った。その頃にはだいぶヨランタの日本語が戻ってきたし、わたしのポーランド語も戻ってきた。わたしのは単語を並べるだけのポーランド語だったが、彼女のは通訳できるくらいの日本語だった。ハーニャは英語ができた。「中央駅のマクドナルドで働いていたから」とヨランタが言った。

別れるとき、「日本の習慣では、お祖母さんや伯母さんがひさしぶりに孫や姪《めい》に会ったとき、よろこびのあまりにお金をあげる」とわたしは英語でハーニャに言い、ケーキもバスもぜんぶヨランタが払ってくれたから使わなかったポーランド貨をハーニャに渡した。「ありがとう」と言って、わたしを抱きしめるハーニャの体が小さくて薄かった。生まれたときは六〇〇グラム、息を呑《の》むほど小さい赤ん坊だった。それはガラス越しに見た。

「うつになって薬をのんでいる」

「ヨランタが?」と聞くと、

「ハーニャが」とヨランタが答えた。「障害のせいでうつになる。今も薬をのんで、なんとかつづいている」


成田行きの搭乗口は混雑していて、乗り慣れたユナイテッドやANAの規律正しさ、考えようによっては階級制度を再現したものとしか思えないいやらしさがぜんぜんないかわりに、幼い子連れだろうが、ゴールドメンバーだろうが、一斉に並ばされて待たされた。LOTの男が、警察官みたいな口調で、人々の列を動かした。

「まったくLOTは手際《てぎわ》が悪い」

わたしの後ろに並んだ女が日本語で鋭く言い放った。

「えらそうにしてるし」

何も変わらないとわたしは思ったのだった。八〇年代の邦人たちも、ポーランドの社会の仕組みについて、人々の働き方について、あんなふうに文句を言っていたものだ。夫らしい声が、うむとか、ああとか、それに応えた。

「せっかくいい気持ちで帰国しようと思ったのに」と女がさらに言った。

つまり、ここに住んでいた家族が、今まさに日本に帰国しようとしているのだった。わたしたちにもこの時があった。夫婦と子ども二人。わたしにもそんな時があった。

女の声には関西弁の訛《なま》りがあった。帰ったらな、阪神がな、と子どもたちも関西弁の訛りで話していた。

「おとうさん、日本はお金が変わるって」と子どもの一人が言った。

「じゃ、今のは使えないの」と父親が聞き返した。

「まだ使えるけど、そのうち変わるんだって」と母親が答えた。

「ママの携帯はポーランドのだから、替えなくちゃいけない。とたんに外人になってしまう」

この家族もまた、わたしのように、日本の生活になじんだ頃、あるいは何十年も時間が経った頃、数年暮らしたポーランドの文化やことばや食べ物を、なつかしい慕わしいものとして思い出すのだろうかとわたしは考えた。

四足の靴

今のわたしの生活を占めているのは、学生たちだった。

かれらには、若さがある、自信がある、自信のなさもある、自信のあるのもないのも理由がないから、むやみにふくれ上がってかれらを動けなくする、ちょっとしたことに揺れる、そしてどうしたことか、哀《かな》しみを抱きかかえている。

大学で、今いる子は、川の水みたいに、次の瞬間にいなくなる。新しい子が次々に流れてくる。わたしは待っているのに、わたしの前を流れていく子は少ない。手をさしのべてやれる子はもっと少ない。その中から手を突き出して、わたしの手を握り返す子はさらに少ない。

この間、男子学生が三人、熊本まで遊びに来て、河原の土手の上を犬を連れて散歩に出た。犬はわたしを置いて家から離れることに抵抗し、後ろをふり返り、ふり返り、隙《すき》あれば戻ろうとし、ついに「せんせー、ホーボーが歩きません」と言って全員が戻ってきた。そのようすは、わたしの住む集合住宅のどの窓からも丸見えだったようで、数日して隣人の古老に聞かれたのだった。

「こないだ、はたちくらいの男の子がホーボーを連れて歩いていたが、あれはだれですか」

夏休みに入る前、三人の少年たちに（といってもみんな二十歳は越えている）、「五足の靴」って知ってる？　と聞き、「知らないです」と言うかれらに、一九〇七年、与謝野寛《よさのひろし》以下五人の詩人が、九州の西岸を旅行して、南蛮文化を世間に知らしめたと教えたのは、わたしである。

天草の西岸を、五人は歩いたけど、それはいくらなんでも無理だから、熊本のウチを拠点にして、バスやなにかを使って伝い歩いていったらどう？　おかまいはしませんが、野宿じゃないだけマシと思って。

わたしはこの夏、芥川龍之介《あくたがわりゅうのすけ》の南蛮物について考えていたのだった。

「夏の文学教室」という日本近代文学館の催し物で、わたしは芥川やりますと名乗り出てしまって、あわてていたのだった。芥川はおとなになってから読んでなかった。

思春期の頃は読んだ。うちにあった数少ない「読むもの」のひとつで、父の書棚に芥川全集があったから、読めるものから取り出して読んだ。わたしは十二、三歳で、「奉教人の死」が好きだった。焼け焦《こ》げた服がはだけてまろび出る二つの乳房、虫の息の若い女、などというのに惹《ひ》かれた。でもそれは十二、十三、十四の頃で、十五の年に太宰《だざい》に出会ってからは、芥川は忘れた。読んでいた頃だって、「るしへる」や「歯車」はむずかしすぎてわからないまま放り出してあった。この数か月の間に読んでみたら、読み返すどころじゃない、手つかずだった。

その南蛮物の原点が「五足の靴」だ。それは十数年前に知った。正確に言えば、二〇〇七年、「五足の靴」が書かれてから百年目に、熊本の友人たちに教えられた。

あれから十数年経って、わたしは、当時の芥川が興味を持っていた不干斎ファビアンやトルストイ、聖愚者について、いろんなことを考えてきたから、今ここで、なま若い少年たちが、夏休みどっかいきてーなーとつぶやきあっているのを聞いて、ふと、そそのかしたのかもしれない。

天草の教会は畳敷きなんだよね。

それからざっと天草の地図を描いて、東シナ海の荒波を語り、羊角湾の静けさを語り、キリシタンの博物館に竹製のパイプオルガンがあるのよね、レプリカだけどね、と言った。

三人は旅行の計画を立て始めた。と思っていたのはわたしだけで、実際、行くと高らかに宣言したわりには、計画はちっとも進まなかった。熊本行きの格安航空券だけは、はやばやと手配したようだ。

熊本では梅雨がなかなか明けなかった。梅雨が明けたら暑くなった。それから台風が来てまた雨になった。やっと晴れたと思ったらすさまじく暑くなった。三人が来たのは、そういうときだった。積乱雲ばかり出ていた。雲の中に必ず黒い雲が混じっていた。そして夜になると、土砂降りの雨になるのだった。河原には、日没の時刻になると、燕《つばめ》がおびただしく集まって、アシに止まって眠るために、アシの原をめがけて一斉に降りていった。

出発の数日前に、ヨータから「先に天草に行くことにします」というメールが来た。宿を予約しておいたほうがいいよと言って宿のリンクを送り、自分たちでできるよねと言うと、「だいじょうぶです、できます」と返ってきた。

出発の前日になって、ヨータから「車を借りて回ることにしました。ぼくは免許取りたてだけど、ソータは去年取ったからうまいです。夜は車中泊します」というメールが来た。

三人の中ではソータがいちばん無口で声が低くて、もぐもぐしゃべって不器用そうな子なので、外見からはわからぬ能力があるものだなと思っていたら、当日、ヨータが「もうちょっとで天草につく。二人の命がぼくのハンドルさばきにかかっている」とTwitterに投稿しているのをみつけてぎょっとした。息子なら即座に電話して、ちょっとあんた何やってんのと問いつめるところだが、よその子だからそうもいかない。

わたしはまだ東京にいた。芥川について話す「夏の文学教室」がその翌日に迫っていた。講演を終えたら、熊本に直帰して、三人と合流する予定だった。今どこ？　と連絡してみたら、「夕陽がすごかったです」とシュートから返信があった（ヨータは運転中だった）。「明日は車を空港で返して、バスで市内に行って、先生に会うまで街中をふらふらします」と。それで市内のコンビニで、十時に落ち合うことにした。

少し早めにそこに着いた。早稲田で見慣れたあの子たちが、熊本の街外れの、地元の者しか行かないコンビニの、明るい店内にいるのが見えて、とても不思議だった。ソータは雑誌棚の前にいた。シュートはレジに向かうところだった。ヨータは入り口のところに荷物を抱えて立っていた。

免許取りたてじゃなかったのとヨータに聞くと、「はい、先週」と屈託なく言った。

運転うまいって聞いてたよとソータに言うと、「去年取ったんですけど、その前一年くらい乗らないで試験受けたから、もう二年乗ってないです」と低い声で言った。シユートが「ぼくも去年免許取ったけど、やっぱ二年間車にさわってない」とほがらかに言い、ヨータが「ぼくが一番最近車にさわったから」と言った。

うまいうまくないの問題ではなく、車にさわったとかさわらないとかいうレベルなのだった。

路上では怖い目に何度か遭ったらしく、最初はエンジンのかけ方もわからなかったとか、狸《たぬき》が飛び出してきてひきそうになったとか、駐車場から右折で出るとき他の車にぶつかりそうになったとか。

海は光が強かった、光が空中に浮かんでいるように強かった、上空には鳶《とんび》が何羽もいた、啼《な》いていた、走っていたら、目の前にとつぜん大きな岩があらわれて、思わず三人で声をあげた、岩に呑みこまれるかと思ったとか。

教会は山の上にあった、畳敷きだった、教会は漁村の裏通りにもあった、それも畳敷きだった、竹製のパイプオルガンも見た、博物館の人にくわしく説明してもらった、なんてことも口々に話してくれた。

どこで寝たのと聞くと、ヨータが「道の駅のパーキングに車停めてベンチで寝ました」と言い、シュートが「ぼくは車の中で寝たけどよく眠れました」とすがすがしく言い、ソータが「ものすごく寝にくくて、何度も目が覚めちゃって、シュートは寝てたけど、ヨータは外に出ていって帰ってこなくて、見に行くとベンチで寝てて、朝になっても起きなくて、そのうちどんどん日差しが強くなってきて、ベンチがぎらぎらしてきたから、心配になって見に行ったら、まだ寝てた」と言って歯の矯正器具を見せて笑った。

ヨータとソータは俳句を書き、シュートは短歌を書く。「三足の靴」をどうしてこの子たちに持ちかけたのかなと考えてみると、この三人がいちばん、木下杢太郎《もくたろう》や吉井勇《よしいいさむ》や平野万里《ひらのばんり》に近かったからだとしか思えない。一人一人、将来どんな仕事につくにしても、この子たちが俳句や短歌をやめることはないと思ったのだった。

「演習（短詩型表現）」の最初の授業の日に、わたしはみんなにはっきり言った。わたしは定型の詩については何も言えないが、俳句や短歌をやってる人が授業に参加してくれるのは大歓迎だ、と。三人はその授業を取ることにし、よく出席して、毎週作品を提出した。ヨータは繊細さを隠して暴れているような俳句、ソータは歯を食いしばってこぶしを握りしめているような俳句、シュートはみずみずしくて透きとおるような短歌を書くのだった。

授業では合評をする。この三人の批評能力、コミュニケーション能力の高さは、他の子たちと違っていておもしろかった。かれらが結社に入り、句会や歌会に参加し、おとなたちと向かい合ってきたからだと思う。現代詩を書く子たちがまるで持っていない、持とうとも思ってない、持っていなくてもかまわないスキルだった。現代詩では、人に何を言われようが気にする必要はぜんぜんなかった。一人一人、別々に行動するしか生きようのない人ばかりがいた。


それでわたしは、三人と犬を、わたしの犬臭い四人乗りの軽に押し込んで、阿蘇に出かけた。三人は交代で、助手席に座ってわたしの相手をする係と、後部座席で犬を抱いて座る係をつとめた。

阿蘇に行く道は地震で壊れたままだから、脇道《わきみち》から山道に入っていくのである。外輪山の尾根をずっと伝って、カルデラを眺めわたす大観峰の展望所に行った。車を停めて、崖《がけ》のせり出した展望所まで歩いて行った。そういう崖を地元では鼻と呼ぶ。三人は、鼻のさらに突端まで歩いていって戻ってきた。それから阿蘇山の北側に降りて、池山水源に行った。

木立の中にひっそりと水の湧《わ》く池がある。真ん中の苔生《こけむ》した石の像にカワセミ色のトンボがとまっていた。ヤブミョウガが咲き、ウバユリが咲き、マムシグサが緑の実をつけていた。

そばに小さな店があり、水源の管理人はそこの経営も兼ねている。同世代の女で、韓国人をつれて行くたびに話をするようになった。夫が韓国人だから、韓国の団体客に昼食を用意する、日本人の客にはコーヒーやみやげものを売る、ところが先月から日韓の政治的な関係が悪くなって、韓国からのお客が途絶えてしまった、もう閉めなくてはならないかもしれない、うちだけじゃなく阿蘇はどこもそうだという管理人の話を、三人は神妙に聞き入っていた。

それからカルデラの中に降りていって、水田の中の道をとおって登山口から山に入り、米塚、草千里、火口にも行ったが、有毒ガス発生で規制中だった。それで南阿蘇へ降りる道の、路傍に、ウバユリ、ヤブミョウガ、カラスウリ、高千穂へ行く分かれ道にある高森殿《たかもりどん》の杉に行き、牛のいる放牧地を歩いていき、薄暗い窪地《くぼち》に降りていき、窪地全体を包み込む大きな二本の古木を見た。行きも帰りも、牛の群れが至近距離に立って、だれだ？　しらない。だれだ？　しらない。という、昔の日本人ならよそ者にたいしてみんな持っていたような、敵意のこもった目つきでこっちを見つめているので、犬が怖ろしがってなかなか動かなかった。

別の日には立田山の照葉樹林に連れていった。分かれ道に来るたびに、右？ 左？と聞いて、三人に進む道を選ばせた。するとそのたびに誰かが、適当に答えた、右とか、左とか。それでそっちに行くのだったが、それがどういうわけか、必ず、険しいか、遠いか、わたしが避けて通る道ばかりだった。高校のとき登山やってた子が一人、水泳が一人、テニスが一人、でも三人とも、今はなんにもやってないそうで、身体《からだ》はなまってるはずなのに、やはりとんでもなく若いのだった。なんで、あんたたちに、選ばせると、こんなに、たいへんな、道ばかり、と息を切らしながら言うと、「最初に教えてくれないから」と言い返したのは誰だったか。

あんたたちの人生を予想してあげようと思ったのよ、険しい道のりになると思うよ。

日没の時刻には河原に行った。燕の群れが上空を飛び交い、葦原《あしはら》から川へ、川から葦原へうねっていって、河原に立ったわたしたちの身体すれすれをかすめていった。ヨータが「いいものを見せてもらった」としみじみと、背広を着たおっさんがしみじみと言うように言った。シュートが「虫に刺された」と言って、咬《か》み跡だらけの腫《は》れ上がった生々しい足を見せた。

おかまいしないはずのわたしがおかまいしたのはそのくらいで、あとは三人で街を探検し、壊れたお城を見て、地元の俳人と句会をし、ラフカディオ・ハーンの旧家に行き、漱石《そうせき》の旧家に行き、熊本ラーメンもどこかでちゃんと食べてきた。金峰山《きんぽうざん》へバスで行って、バスで戻ってきた。漱石の「草枕《くさまくら》」の冒頭はそこで書かれた。途中、上熊本駅を通った。ハーンの「停車場にて」という短編はそこが舞台だった。江津湖《えづこ》のほとりにある熊本市動植物園に行って、江津湖でボートにも乗った。「五足の靴」の五人は、江津湖で芸者揚げて船遊びして「おてもやん」の歌を聞いた。この三人の方が、よほど健康的に江津湖を経験したのだった。その日はすさまじく暑くなって、送り出すわたしは不安だった。無理しないのよ、水を飲みなさいよ、と何度もくり返した。

三人とも背が高かった。ひょろりひょろりとしていたが、それなりにたくましくもあり、すっかり成熟した人間のように見えた。でも、身体の機能はまだ子どもじみて不安定だった。酒を飲んだら一人がまっ赤になって酔っぱらった。阿蘇の山道では一人が車に酔った。一人が風邪をひいて、もう一人がちょっと具合がわるいと言ってしばらく横になっていた。

そういうのが、わたしにはいちいちおもしろくてたまらなかった。わたしの周囲のおとなたちは、もう、酔っぱらうほど飲まなくなっていたし、少しのことでは体調をくずさないようにもなっていた。くずすのは、死に向かうときに限られていた。

朝食にはベーコンを焼いてスクランブルドエッグを作った。卵は六つ割った。はい、できたよとお皿にもりわけて、テーブルに置くと、起き抜けの子どもたちが（そうそう、昔みたいに）集まってきて、いただきますと言ってもりもり食べた。

その同じテーブルに、犬がただしく座って、わたしの手から食べさせてもらうのを待った（あいかわらず赤いペニスを出しながら。期待すると出てくるようだ）。それでわたしは犬に、自分のフォークからベーコンを与え、卵を与えた。ふだんは何気なくやっているこの応酬が、三人の前では、とんでもなくプライベートな悪さのように思えて、わたしはものすごく恥ずかしくなった。

三人とは熊本駅で別れた。一人は鹿児島に行くと言った。二人は在来線で福岡に出て、博多《はかた》ラーメンを食べて新幹線で帰ると言った。

夏が終わったら秋が来る。

三人が帰った頃から、夏草が秋草に変わり始めた。

輝くような金茶色になって河原の草むらを覆《おお》い尽くしていたネナシカズラが枯れ始めた。それで今は、他の緑色の蔓性《つるせい》の草たちが河原じゅうを這《は》いまわっている。クズが征服の意志を持っているように這いまわっている。その上を新来のアレチウリが這いまわっている。ヤブガラシの花は終わりかけている。その上にカナムグラが覆いかぶさって花をつけている。ヤマノイモがアシや何かに這いのぼっている。ヘクソカズラが可憐《かれん》な白花をつけている。ガガイモが可憐な白花をつけている。そして匂《にお》っている。クズの紫の花が立ち上がってきた頃、河原から燕がいなくなった。

犬の幸せ

涼しくなっても、犬は外を歩きたがらなかった。外に連れて出ても排泄《はいせつ》だけしてさっさと帰ろうとした。わたしが歩き始めると恨めしそうな表情でわたしの顔をのぞきこんだ。そして座り込んで体をがしがしと掻《か》き始めた。外では数歩ごとに座り込んで体を掻いた。家では寝てばかりいた。サンポ、ゴハンとわたしが言っても、普通の犬が見せるあの熱狂的な表情は見せなかった。皮膚はアレルギーで赤々としてかさぶただらけだった。抗アレルギー剤を飲ませるから、さらにぼんやりして寝てばかりいた。そしてときどき起き上がって窓の外を見た。これはヨーキィを待っているのだった。

この犬を不幸せにしたのはわたしだ。カリフォルニアにいたときの犬は幸せな犬だった。ゴハンもサンポも大好きだったし、なにより無二の親友がいた。同じような大きさの、同じように去勢された若い雄犬だった。犬は彼のことを考えるだけで、あんまりうれしくて、声をひいひいとすきま風のように漏らすのだった。

犬とわたしは、毎朝、荒野の入り口で彼を待った。犬は正座して（期待のペニスを出して）車の来る方角をみつめた。彼の、正確に言えば、彼の飼い主であり、わたしの友人であるケリーの車が現れ、犬は立ち上がり、踊り出し、わたしがリードを引き締めると、犬の口からすきま風のような声が漏れ、強まり、どんどん強まり、しまいには感極まって野太い吠《ほ》え声になった。車が停まり、運転席からケリーがあらわれ、後部座席のドアを開け、彼、フィンが飛び出した。わたしも犬のリードを放した。あいたかったーと叫びながら、二頭は駆けまわり、前日の夕方までいっしょにいたことなんか忘れたように、ただ愛だけを覚えているように、追いかけ合い、空中に飛び上がり、体を打ちつけあって人間のようにハグをした。

人と人も、こうやって愛し合えたらどんなにいいだろう、ああ、ほんとにどんなにいいだろうと、二頭の犬が愛し合うのを見ながら、ケリーとわたしは、毎朝同じ会話をくり返した。

朝はそうやって、ケリーと二人で、犬たちを近くの荒野に連れていった。夕方にはわたし一人で、二頭の犬を遠くの荒野に連れ出した。

荒野の真ん中、誰もいない、何もない、ただヤマヨモギの藪《やぶ》しかないところで犬たちを放すと、二頭はどこまでも走っていった。そしてはたと立ち止まり、向かい合って動かなくなった。「用心棒」か「真昼の決闘」にこんなシーンがあったと考えながら見ていると、犬たちは跳ねて、空中でぶつかった。これは愛を確かめるハグではなく、若い雄同士の激しい遊びだった。

荒野を犬たちと歩きながら、日が沈むのを見て月が昇るのを見た。春の終わりに夫が死んだ。ガラガラ蛇の出る夏が来た。草に穂の出る秋が来た。強い風が砂漠から吹いてあちこちが燃えた。それから雨の降る冬が来た。冬の後にはすばらしい春が来た。それまで生き物は、生まれたり死んだりしていたが、春になった途端に生まれて生まれて生まれて生まれて、おびただしく生まれて少しだけ死んだ。ヤマヨモギの葉が生え、セージの葉が生え、固まっていた藪がほどけて広がってどこまでも花を咲かせた。背の低いユッカが卵のようなつぼみをつけ、それから無数の花を咲かせた。背の高いユッカから花穂がにょきにょきと立ち上がり、無数の花を咲かせた。そしてあちこちで兎がコヨーテに食われた。食われた跡を見つけると、犬たちが背中をこすりつけるのだった。犬たちは死骸《しがい》を見逃さなかった。どこにあっても嗅《か》ぎ出して、古い死骸でも、肉や毛の無くなった跡でも、切なげに愛《いと》おしがって、ごろごろと背中をこすりつけた。一頭がやり終わるのを待って、もう一頭がやった。

犬たちは、ときどきサボテンのトゲを踏んで、しょげかえって戻ってきた。わたしは犬たちの足を抱え込んで、足の裏にささったトゲを一本一本抜いてやった。犬たちは何の抵抗もせずに、足をわたしに差し出すのだった。指や爪《つめ》ではトゲがつかめなくて、歯で抜き取ってやったこともある。鼻先に近づけた肉球からは、砂の臭《にお》いがした。

それはフィンの足だった。この犬にとって、わたしは、親友の飼い主、飼い主の親友というだけの人間だ。それなのに彼は足も体もわたしに預けてされるがまま、他人が自分の足をがっちりと捕らえて嚙《か》みつこうとさえしているのに、微動もしないのだった。どうしてこんなに預けられるのか、わたしには、それが不思議でならなかった。抜き終わるや、彼は跳ね起きて、何事もなかったように走り出した。それで、親友の危機に息をひそめてなりゆきを見守っていたわたしの犬も走り出した。

わたしがカリフォルニアを発《た》つ日は刻々と迫ってきた。もうすぐ出発だねと、人間同士は知っていて、毎日言い合っていたのだった。

「私はあなたをミスする、私たちはひとつの群れのようにここで暮らしていた、私の孤独にすっぽりとあなたの存在がはまっていた、ああ、とてもミスする」

そうケリーがわたしに言い、わたしもケリーにそう言った。

わたしの心を裏返して、振るったように感じた。

その朝が来て、ケリーとわたしは、いつものように近くの荒野で待ち合わせて、犬たちを遊ばせた。犬たちはいつものように駆けまわり、空中に飛び上がり、体を打ちつけ合って愛情のこもったハグをした。そしてその日の午後、犬とわたしはＬＡの空港に行った。それっきり、犬たちはお互いに会わない。

熊本に着いた犬は、しばらくの間、不思議そうに匂いをかぎまわっていたのだった。ときどき立ち止まって、あたりを見廻して、遠くの匂いを嗅いだ。地面に鼻を近づけて近くの匂いを嗅ぐのではなく、空気中に鼻を突き出して、遠くの見知らぬ匂いを嗅ぎ取る、匂いに呼びかける、匂いを呼び寄せる、そういう仕草をした。

彼を探しているのだと思った。カリフォルニアに残してきたものは恋しい。人も恋しいし、空も海も植物も。でも離れられないものではない。家族は離れられない。そのときわたしには、家族というものが、夫も子どももいなくなっていたから、ジャックや安西さんたちを置いてきても、ケリーを置いてきても、身軽に出てこられた。犬にとってはフィンがいた。わたしがそれを引き離してきたのだった。

わたしは犬に聞かせるために、聞かせて同意を求めるために、声に出して言った。フィンがいればいいのにねえ。

フィンという言葉を犬が聴き取らないはずはない。フィンが来るよと言うと、必ず犬はあのすきま風みたいな声を出した。でも今ここで、犬はフィンと言っても無表情なのだった。そのかわり犬はわたしに鼻面《はなづら》を寄せて、目のあたりをぺろりと舐《な》めた。犬たちは何を嗅ぐのか。不思議である。人が涙を流すと、だいじょうぶ、そばにいるよと、人が人をなぐさめるように、犬は人の涙を舐める。

フィンに会いたいねえ。

また舐めた。

犬の運命がおかしくなり始めたのは、ヨーキィが病気になったあたりからだった。わたしがまだカリフォルニアにいて、日本に帰ることを考え始めたとき、犬を連れて帰るかどうかで悩んでいたら、熊本の古い友人の城さんが、犬を連れてくるなら、東京に行っている間は犬を預かろうと申し出てくれた。城さんにはボーダーコリーのヨーキィがいる。二頭いっしょに世話をしてみようというのだった。それでわたしには希望が持てた。わたしが東京に行っている週の半分、犬は普通に犬らしく家庭の中で生活できるという希望だった。それでわたしは犬を連れて、日本に帰ってきた。

たしかに最初のうちはうまくいっていたのだった。

城さんは本能的に犬扱いのうまい人間だった。わたしの犬は城さんを、フィンと同じように愛した。城さんは、犬から示された愛情を、人間らしいやり方に翻訳して、そっくりそのまま犬に返すことができた。犬は幸せだった。城さんが迎えに来ると、車の音で感知して、あらわれる前から、「くるくるくる」「あえるあえるあえる」と期待して踊り始め、城さんが戸口にあらわれると、「あいたかったー」と顔で舌で耳でしっぽでペニスで感情を表現した。まるでフィンが人間になって、犬の生活に戻ってきたかのようだった。

ヨーキィは八歳の太った雌犬だった。今までずいぶん賢い犬や賢くない犬を見てきたが、ヨーキィの賢さはずば抜けていた。賢い犬というより、性格にゆがみのあるあまり賢くない人間の子どものように賢かった。

わたしの犬は、ヨーキィのことも、フィンや城さんと同じように、隔てなく愛した。ヨーキィの匂いを嗅ぎ取ると、犬はすきま風のような声を出して迎え、フィンや城さんにするような犬式のハグをしかけたが、ヨーキィがさもいまいましそうに短くうなるので、犬は首を縮めて尻尾《しっぽ》を巻き込み、でもやっぱりうれしくて、辺りをむやみに走り回り、つい尻尾が高々と立ってしまったりして、ヨーキィにうるさがられてまたまたうなられ、申し訳なさそうに縮こまるのだった。

犬がヨーキィのす早い知能の動きについていけなくてまごついているとき、ヨーキィはふり返ってキッとにらみつけ、「ぐずぐずするんじゃないよ」と叱《しか》りつけながら走っていった。犬は嬉々《きき》として追いかけ、やすやすと追いついて追い越した。するとヨーキィは、いまいましそうに舌打ちをして走るのをやめ、初めから走ることなんか考えていなかった、地面の匂いの方が大切だったのだと言わんばかりに、足元の匂いを嗅ぎ始めた。ほんとうに賢い犬だった。そしてだんだん走れなくなった。わたしの犬は走っていくのだが、ヨーキィは走らなくなった。そしてむやみに水を飲むようにもなった。それでとうとう城さんが獣医に連れて行き、健康の問題がみつかった。肥満だった。糖尿病だった。腫瘍《しゅよう》もあった。

獣医の見立ては嫉妬《しっと》だった。

ヨーキィは嫉妬していた。そしてそれを押さえつけていたのだった。自分の領分に他の犬が入りこんできた。そしてあろうことか、城さんが、自分に対するのと同じようにその犬を抱き、その犬をなで、その犬をほめ、その犬と遊び、その犬に食べ物を与えるのだった。それを見るのは、ただただやるせなかった。

やるせないというのか、やりきれないというのか、よるべないというのか、たよりないというのか、せつないというのか。うまく言えないのだが、とにかくそういう思いだった。

私って何なのよと問いかけることは、犬だからしないが、私という存在が揺らぐのは、人と同じだ。嫉妬とはそういうものだ。愛というのは、そういうものだ。私がいちばん、私が誰よりも強いということが確信できないと、その揺らぎが意識の下にもぐり込んで身体をむしばむ。嫉妬とは、まさにそういうものだった。

わたしはヨーキィに先手を取られたような気持ちだった。

実を言えば、わたし自身が少なからぬ嫉妬を感じていた。

わたしの犬が、とつぜん現れた、まったくの他人である城さんを、愛人のような愛情と過剰なふるまいで迎えるのだった。ところが、わたしのことは、落ち着いた、義理のような愛撫《あいぶ》で迎えるのだった。家族、といえば、そうかもしれない。何日何十日離れていても、最初の数分の愛撫が終われば、犬は日常にすっと戻った。でも城さんへの愛撫は、のたうち回りながら、何十分もつづいて、そのうち、興奮のあまり吠えはじめるのだった。それは城さんに、何やってたの、今までどこにいってたの、なぜ会いにこなかったの、と責め立てるようにも聞こえた。

わたしの犬、今まで手塩にかけてそだててきた、いやもちろん、あの乾いた土地や兎《うさぎ》の死骸や愛人のような親友から引き離すという暴挙はなしてきたが、それもこの犬だけは手放したくないという思いがあってのこと、その思いを、城さんに持っていかれた、ないしは踏みにじられたという、ある意味、こんなに世話になっている人に対して、盗《ぬす》っ人《と》猛々《たけだけ》しいとも言える嫉妬だった。

犬を預かるなと、城さんは獣医から言われた。「ヨーキィをホーボーに近づけてはいけませんよ、城さんがホーボーに近づいてもいけませんよ、ヨーキィはにおいですべてわかるんです、隠れて会って来てもわかるんです、自分のものだと思っていた最愛の人に愛人がいるのを感じ取ったらどんな気持ちか。しょせんはよその犬なんだから、きっぱりと別れた方がいい」と獣医は言った。

それで、城さんもヨーキィも来なくなった。

わたしの犬は、窓から外を見ながら待っている。

わたしとの生活は過不足なくつづく。でも犬は、フィンを失った。そして今、城さんを失い、ヨーキィを失った。ほとんどの時間をただ「無い」「い無い」と確認しながら、寝て過ごす。アレルギーがどんどん悪化する。掻きむしる。

この犬は、ジャーマン・シェパードとしてはとびきり穏やかで、そしてやや単純な頭を持っている。何年も前にわたしが飼っていた犬は、ヨーキィのように賢い犬だった。賢すぎて、まるで包丁と暮らしているみたいだった。ところが包丁みたいに賢い犬でも、「無い」という概念がどうしてもわからなかった。ミルクが無いよと空のミルク容器を見せても、その言葉を聞き取ってミルクを期待したし、おねえさん（わたしの娘）は今日帰ってこないよと言っても、名前を聞き取ってそわそわした。

ところが今ここにいるこの犬が、こんなに穏やかで単純なのに、前の賢い犬のできなかった「無い」について考えることができる。それで「無い」という考えに苦しんでいる。この犬は、前の賢い犬にはできなかった、「足にリードがからんだとき自分で足抜けする」も易々《やすやす》とできる。でもそれは、犬を苦から解き放つ役には立たない。

夏の終わり、わたしは犬が足を引きずるのに気がついた。それは何日もつづいた。それで獣医に連れて行った。ヨーキィの嫉妬を見抜いたあの獣医だった。そして獣医は、わたしの犬の股関節《こかんせつ》の問題も、たちどころに見抜いたのだった。

「股関節がこんなに摩滅している、これじゃ痛いはずだ」とレントゲン写真を見ながら獣医が言った。「シェパードは人工的につくられた犬だからしかたがない。もっとひどくなったら手術をした方がいいです、人工股関節」

それで、ここ数年忘れていたことばに出遭ったのだった。人工股関節。わたしはそれがどんなものかよく知っている。夫は人工股関節を持っていた。六十八のときに最初の手術をして、数年後、何かの理由で二度目の手術をしたのだった。人工股関節のせいで、空港では入念にチェックされた。その後心臓のバイパス手術もしたから、車《くるま》椅子《いす》なしでは動けないような老人だったのに、さらに入念にチェックされた。

カリフォルニアで人工股関節の男を見送って、日本に来たら、またここで、家族と恃《たの》むこの犬が人工股関節の男になり、わたしは、夫のときよりずっと手厚く世話を焼きながら、犬の死ぬのを見届けるのかなと思ったら、悲しいというより悔しかった。悔しいというよりはおかしかった。

ヨーキィの病気がわかってから、もう半年以上経《た》っていた。ヨーキィの具合がずいぶんいいから、海辺で遊ばせてみようと城さんに誘われた。ただ、以前みたいに城さんの車で二頭連れて行くのはやめて、城さんがヨーキィを、わたしがホーボーを、それぞれ連れていって海辺で落ち合う。

ヨーキィは十キロやせたそうだ。せいぜい二十数キロしかない犬にとっては、身体の半分が消え失《う》せたようなものだ。インシュリンは一生うたなくてはいけないが、血糖値はもうずいぶんいいそうだ。

海辺は、ホーボーが、他のどんなことよりも好きなことであり、荒野でフィンといっしょに兎を追いかけるのと同じくらい、好きでたまらないことなのだった。

カリフォルニアにも海辺があった。太平洋だった。

ひろくて大きく、空の青を反射してとても青く、波が寄せて引くのだった。海は西に向いていた。毎日、日が沈んだ。たいていは澄みきった青に澄みきった橙色《だいだいいろ》の日が沈んで澄みきった灰色になっていくのだったが、ときには日が沈んだ直後から色がわき上がり、赤のような、ピンクのような、朱色のような、紫色のような、深い青のような、色に空を染め上げ、やがて消えていった。

初めて海辺に連れていったときの犬の目は忘れられない。目の前にある知らないものを、ほんの数秒ただ見つめていた。それから波の中に突進していった。犬は波の中で跳ねて遊んだ。筋肉や毛の一つ一つが楽しくてたまらないように動いた。

ここの海は、有明海だ。

鏡の面のように静かな海だ。向こうに雲仙がある。煙を吐いている。ときには煙のような雲をかぶっている。手前には海苔《のり》の養殖のための竿《さお》が並んでいる。干潮のときは、風紋の砂浜が沖の方までひろがる。満潮のときは、山の際《きわ》までひたひたに水が来て、夥《おびただ》しい色とりどりのごみを打ち寄せていく。

ホーボーがどれだけ海を喜んで走り回っていたかを、城さんは覚えていて誘ってくれたのだった。人の犬をよくぞそこまで気にかけてくれてとありがたくてたまらなかったが、その提案のために、わたしはかなりの犠牲を払わねばならないのだった。とにかく海は遠かった。海は、熊本市の南端の、さらにずっと南にあって、わたしの家は、熊本市の北端にあるのだった。片道、どんなにスピードを出して走っても一時間かかる。向こうで遊ばせて一時間、そして帰りにやはり一時間走らせて帰る。カリフォルニアでの、家から五分で海辺、みたいなわけにはいかなかった。

そこにはいろんな行き方がある。熊本市内から、鹿児島行きの国道三号線をまっすぐ南下して南下して、そのまま行くと鹿児島だから、途中で少し逸《そ》れて、南西の方角に下っていけば、海に出る。それが有明海、左が山で右が海の道が一レーンの対面通行で天草の突端までつづいていく。途中から海が開けて、東シナ海になる。

でも三号線は、日本のどこにでもあるような国道で、色とりどりの店がならんで、大声で叫んでいるようで、堪えがたくなって、わたしは裏道を通る。

まず崩れたお城の裏を通ってトンネルに入る。トンネルはわたしを、一気に街の西側をつらぬくバイパスにつれていく。

昔このあたりには苔の庭や竹藪があった。それを潰《つぶ》して新道を通す計画に、人々が反対していた。その意見をたくさん聞いた。わたしだって反対に賛成していたのだが、こうしてできあがってしまうと、何も聞かなかったように、この道を通っている。

西側のバイパスをまっすぐに南下して、井芹川《いせりがわ》を渡り、坪井川を渡り、白川を渡って、西に向かう道に突き当たる。その道が、わたしを、街の西端にある港につれていく。

ひたすら港に向かって走り、港の手前で左折する。左折した道はまっすぐ南下していく。農道をつっ切り、またつっ切り、さらにつっ切り、新開《しんかい》大神宮の脇を通り、龍《りゅう》神社《じんじゃ》の脇を通り、住吉社《すみよししゃ》の脇を通り、どんどん潮風に吹かれていく。緑川を渡る。浜戸川を渡る。その道は、わたしを、天草に行く一本道につれていく。

道の海側には海藻倉庫がならび、道の山側には廃屋がならび、海の中に突き出したように住吉社の丘がある。同じ海水でも、そこから手前は河口の水だ。そこから向こうは海の水だ。そうくっきりとわかる場所に、住吉社は建っている。その一本道こそ、わたしを、海辺につれていく。

折しも台風が近づいていた。風が強く、お城の裏のクスノキが激しく揺さぶられた。こうして運転している間も、ぴん、ぴん、と携帯には着信音が鳴っている。学生が詩や小説を送ってくるのだった。よく書く学生たちが、よく送ってくるのだった。学生の詩や小説について考えなくちゃいけないということが、つねに自分の喉元《のどもと》につきつけられている。今期のジェンダーのクラスは三百七十人の大教室になった。それで毎週、三百七十人分の悩みのつまったリアぺを読まなくちゃならない。かれらの悩みはどんどん深くなっていく。中にはわたしにやたらと噛みついてくるのがいて、わたしは平然と授業の中で読み上げているけど、かれらの心ない言葉が実はとても痛い。実際、読み始めるまで、ああ面倒くさい、ああ読みたくないと思っている。そうしているうちにも、知らない日本人や日系人たちの悩みが送られてくる。そうしているうちにもあれやこれやの締切日が近づいている。一分も惜しんで少しでも仕事をしていなくちゃならないのだが、犬の笑顔が見られるなら、片道一時間くらいなんだと思えた。

昔わたしは、娘に会いに行くのに片道七時間を走った。娘たちは北カリフォルニアにいて、わたしは南カリフォルニアにいた。わたしはしょっちゅう走った。片道七時間ということは、帰りにもそれだけ走らねばならないのだった。ＬＡが混んでいたらもっとかかった。そしてたいていＬＡのラッシュに巻き込まれた。そして娘たちはしょっちゅういろんな問題を抱えて、泣き声で電話してきた。だからわたしは立ち上がって、車のキイを取って、取りあえず走り出した。あれに比べたら一時間なんて、うちからメキシコに行くくらいだ。たいしたことのない距離なのだ。

サンディエゴの市街地を南に向かって走り抜けると、路上の案内標識はただ「南」

になった。その表示はどんどん大きくなった。ただ「南」だった。「南」が尽きたところに国境があり、向こう側はメキシコだった。

さて、海辺に向かっているというのに、犬はのんきに後部座席で寝ている。海に行くよ、城さんに会える、ヨーキィに会えると言って聞かせたのに、「無い」については考えられても「未来」については考えられないのだった。

わたしはお城の裏を抜け、トンネルを通り、井芹川を渡り、市街地を抜け、坪井川を渡り、白川を渡り、田舎道に入り、農道を走り、農道をつっ切り、稲穂の黄色いのを見ながら走った。どこにでもあるドラッグストアがあり、コンビニがあった。鴉《からす》が群れ、白鷺《しらさぎ》が群れていた。崩れかけた家をカラスウリが覆い尽くしていた。風が強く、路肩に生えた雑草が、右に左に揺れ動いた。農道では、雑草は刈り取られ、無造作に路肩に積み上げられていたのだった。海辺に行く道は一本道で、そのまま走れば天草に行き着いた。あの男の子たちが走ったのと同じ道だった。

道を走った、ずいぶん走ったと思いながら走った。眠れない眠れないという夢を見ながら眠って、熟睡できずに目を覚ますようなものだなと考えた。それにしてもよく走った。いろんなところを走ったが、まさかこんな熊本の南端のさらに南の何もないところを、農道をつっ切りながら海に向かって走るとは思わなかった。少なくとももついこの間までは想像もしなかった。後部座席にはアレルギー体質の股関節の悪い犬を乗せているけれども、これまでいろんな名前のいろんな犬を乗せてきた。大型犬たちは後部座席に座りたがったが、小型犬たちはいつも助手席に座りたがった。人間の子どももそうだった。先を争って助手席に座りたがった。

颪はごうごうと吹いている。

台風は太平洋のどこかにある。

ぐんぐん北上してきている。

明日には九州が暴風域に入るかもしれない。高波に注意しなければならないかもしれない。

刈り取られて積み上げられてあった草のかたまりが転がっていった。タンブルウィードみたいだった。

タンブルウィードは、この時期にカリフォルニアのインターステイトを走れば必ず見られる。ひとつの種類を指すのではない、いろんな種類の草が、熟して、乾いて、根から離れて、一つ一つが、それぞれの、タンブル（転がる）ウィード（草）になる。

インターは、何かと何かをつなぐという意味だ。インターステイトは、ステイト（州）をつなぐという意味だ。インターステイト五号線が、カリフォルニア州のうちの前から、オレゴン州、ワシントン州をつないでいった。その道を北上し、娘たちの住むオークランドに行き、バークリーに行き、橋を渡ってサンフランシスコに行き、同じ道を南下して帰った。路上でタンブルウィードが、道路脇のフェンス際に、まるで、まるで何だろう、今までいちども見たことの無い光景だった、命の無くなった骸《むくろ》が、フェンス際に吹き寄せられて、まるで満潮の波打ち際のように、吹き寄せられて、積み上がるそばから崩れはじめて、量も、動きも、存在も、いかにも過剰だった。過剰なのだった。過剰に吹き寄せられ、過剰に吹き溜《だ》まり、風が吹くと、風なら、絶え間なく吹きつづけていたのだったが、次から次へと路上に転がり出ていって、車に轢《ひ》き潰された。

そして今、有明海に面した路上で、台風の過剰な風に吹かれて、刈られた草のかたまりが、タンブルウィードとして転がり出し、過剰に路上を走り出し、ひた走るわたしの車に轢き潰されて、ばらばらに散らばっていくのだった。

解　説　――この「道行き」の相手は誰なのか

ブレイディみかこ

「道行き」という言葉は色っぽい。一般に、「道を行くこと」または「旅をすること」を意味する言葉だが、浄瑠璃《じょうるり》や歌舞伎《かぶき》の世界では、惚《ほ》れ合った男女が駆け落ちをしたり、情死行したりする場面を指す。

しかし、このような色っぽいタイトルの作品集にもかかわらず、著者はのっけから「二十数年前、わたしは、たけだけしい中年の女で、更年期もまだだった」「もう経血なんぞひとったらしも出てこない」などとぼやき、早稲田大学で教えるためにたった一人で米国から日本に帰ってきたという。

あんまり「道行き」って感じのなまめかしさはないのだが、それでも彼女はまったく一人というわけでもないらしい。

「あー、これは説明しておかねばならない。犬を連れて帰ってきた」というたいせつな情報を読者に与えているからだ。

それは犬の保護施設から引き取った犬で、トラウマで凝り固まったような少年犬だったのを、愛情をこめて穏やかな性格に育てあげたのだという。ジャーマン・シェパードであるその犬を米国から日本まで連れてきたのは、娘たちから「おかあさんの犬でしょ」「おかあさんの犬なんだから」と言われ、世話をすることを拒否されたからだった。

おかあさんの犬。おお、なんかちょっと「道行き」っぽくなってきたではないか。

この本に収められた文章のほとんどは、新潮社の『波』に連載されていたものだ。その同じ時期に、わたしも『波』にエッセイを連載していたので、実は毎号楽しみに読ませていただいていた。だから、その連載のタイトルが実は「道行きや」ではなくて、「URASHIMA」だったことも覚えている。

本書では、冒頭に収められた作品の題名が「うらしま」になっていて、そこには、長いあいだ異国で暮らして日本に戻った著者が、竜宮城から帰ってきた浦島のように日本のあれこれに驚く様子が綴《つづ》られている。日本の人々が「おはようございます」「こんばんは」と言わずに、「ざっ」とか「わー」とか言って通り過ぎて行くようになっていること。顔も目も合わさず、笑いかけることもせずにそんなことを言う人々は、とりあえずやっとかなくちゃ、というムラ社会の圧力に負けているのだと著者は考察する。

数十年のカリフォルニア生活では見ることもなかった立小便をする男性たちの姿にも著者は驚いた。が、そのうち慣れてきた。彼らにとって外を歩いている人は他人なのである。知り合いでも身内でもないから、他人はそこにいるように見えても、実のところ、いない。だから放尿姿を見られても気にならないのだ。知らない人には距離をつくるのが祖国の文化だったと著者は思い出す。

もちろん、素晴らしい驚きだって体験した。日本で出会った古老の、距離のある「ですます」調の日本語の美しさにはぞくぞくしてしまった。

「三十年前なら、いっぱつでハートをわしづかみにされてしまっただろうが、残念ながら、こっちももうあの頃とは違うので、そういうわけにはいかなかった」

こんな風にぞくぞくしたついでに、むかし肉体関係を持っていた別の古老とめくるめく思いをしたことなども著者は思い出す。おおお、「道行き」にふさわしい色香が出てきたぞ。と思いきや、やがてセックスできなくなり、老いて死んでいったその古老が、どんな風に衰えていったか、その死体の肌の色の変化までまだ鮮やかに記憶している自分に著者は気づく。うーむ。やっぱり「道行き」感が薄れてしまった。

さて、わたしがここまで「道行き」という言葉にこだわってきたように、いや、それ以上に、この本の著者も尋常でないほどいちいち言葉にこだわり続けている。詩人だから当然といえば当然だが、彼女を驚かせるもの、ぞくぞくさせるもの、考え込ませるもののほとんどすべてが言葉と言ってもいい。

とりわけ、何十年も英語圏の国で暮らした後で日本に帰国した著者は、日本語に対して浦島状態になっていた。というより、英語で自分が使っていた単語をうまく日本語にできないことに気づいてしまったのだ。

何十年も喋《しゃべ》って暮らした言語というのは、知らないうちに人間の肉体に溶け込んでいる。だから、辞書を見るとこう訳してあるし、最も近い訳語はこれらしいんだけれども、著者の体が「なんか違う」と言うのである。もともと日本に住んでいたときは使っていた言葉なのに、その日本語は「なんか違う」。この感覚は、いっぺん英語で言語化した感情や状況を日本語にしようとするときに起きる。海の底の竜宮城から持って帰ってきた言葉を、陸の言葉に変換しようとしてもうまくできないのである。

例えば、著者は、humiliatingを「屈辱的」という日本語に置き換えることをしない。その感情を彼女に体験させたのが英語しか喋らない夫だったからというのもあるだろう。だけど、それ以上に、著者がそのときに体験した感情はhumiliatingとしか書けないものだったのである。「屈辱的な」「不面目な」「恥をかかせるような」という日本語の定訳とは別物のように感じられるからだ。

その理由を探るように、著者は「そのhumiliatingな感じとはどんな感じだっけ」と思い出してみる。そして、それは「恥ずかしいというのとは違う」という本質的な違いに行き当たる。「人には、前を向いて、頭を上げ、立ち上がって歩き出そうとする特性がある」のに、「意味もなく否定され、押しつぶされる感じ」を体験させられる瞬間があり、その「顔を上げられず、前を向けず、立ち上がれないような」感じがhumiliatingなのだと説明する。そして、人が「前を向き、頭を上げ、立ち上がって、歩き出そうとする」ことが、「尊厳」ということなのだと喝破するのだ。

つまり、「humiliatingは、人様の前で恥をかかされたとか、そういう単なる面目の話ではなく、もっと根源的な、人としての尊厳を踏みつけにされるような感情なのだ」と著者は考える。これはそのまま英語圏の国々と日本との比較文化論になっているようで、英国在住のわたしにとっても五臓六腑《ごぞうろっぷ》に染《し》み渡るようによくわかる考察だった。

このように、本書では、著者が日本語に置き換えたくない（置き換えられる言葉がないと感じてしまう）言葉は、そのまま英語やカタカナで記されている。わたし自身が英語と日本語を使って生活している人間なのでそうした表記に反応してしまうせいもあるが、これらの言葉たちは、米国から戻ってきたばかりの時期の著者の中にあった切実な何かを表象している気がしてならない。

それらの表現の中でも、最も印象的で、何かの記号のように複数回登場する言葉が「ミスする」だ。このまま読めば何か失敗でもしちゃったんだろうかと思う人がほとんどだと思うが、この「ミス」は「失敗する」のほうではなく、「〜が恋しい」「〜がいないことを寂しく思う」のほうの意味だ。

ジャックという友人から届いたメールに書かれていた英語の文章を、著者は本書の中でこう訳している。

「私はあなたをミスする。あなたの家の前を通るたびに、ああ彼女はいないのだと考える」

「miss」をふつうに訳せば「あなたが恋しい」とか「あなたがいなくて寂しい」になりそうなものだが、きっと著者の体はこれにも「なんか違う感じ」と拒否反応を起こしたのだ。

しかし、著者はここではこの違和感をさらっと流しておいて、本書の最後に収められた作品「犬の幸せ」で、その「違う感じ」の正体を解き明かしてみせる。

著者の犬は、もう会えなくなった友犬とその飼い主が来るのを窓から外を見ながら待っている。著者と犬の生活は過不足なく続いている。でも、犬は失ってしまったものを「無い、い無い」と確認しながら過ごしている。

著者は、ここで「ミスする」の伊藤比呂美訳をいきなり投げてくるのだ。

それは、恋しい、とか、寂しい、とかいうわかりやすく湿った感情ではないのだと。そこに存在していたのにもう存在しなくなった人や物や風景が、「無い、い無い」と確認する、もっと乾いた作業だ。心がその厳然たる事実を、受け入れているのだ。

そりゃ寂しく思ったり、恋しく思うこともあるだろう。だが、いなくなってせいせいしたり、あれはいったい何だったのだろうと思ったり、いまでも憎たらしい、さっさと忘れてしまいたい人や物や事象もある。だが、いずれにせよ、それらはもうここには「無い、い無い」のであり、人は折に触れて、強く、弱く、その確認作業を行い続ける。

ここまで来て、読者は気づかされるのだ。著者こそが、本書の全編を通じ、これまでの人生で通り過ぎてきた場所や出会った人々、セックスした相手、食べたもの、美しかった風景、長く住んでいた国、もう喋らなくなった言語などをミスしていたのではなかったかと。

なぜ著者はそれらを失ってしまったのだろう。

それは著者が移動しているからだ。

言い方を変えれば、生きているから。

生きるとは、人間が時間軸の上や場所を移動し続けることなのである。

だから本書の終わりでも、著者は移動している。台風が近づく強風の道を車でぶんぶん走っている。著者は一人ではない。後部座席には米国から連れ帰った犬が乗っている。

ということは、著者の道行きの相手は犬だったのか?

と思わされそうになったところで、著者は車を飛ばしながら、刈り取られて積み上げられた草のかたまりが転がっているのを見てまた考え始める。カリフォルニアのタンブルウィードを思い出し(ここでもまた、ミスし)、「タンブル(転がる)ウィード(草)」と単語を解体したりしていつものようにいろいろ考察し始めるのだ。

そこで読者は、やっぱりそうだったか、と彼女の真の同伴者を見つける。

比呂美さんの道行きの相手は、いつだって言葉なのである。


(令和四年九月、ライター・コラムニスト)